红色经典

铭〕记〕历〕史

缅〕怀〕先〕烈

珍〕爱〕和〕平

红色经典

铭／记／历／史

缅／怀／先／烈

珍／爱／和／平

红色经典文学丛书

活人塘

陈登科 著

民主与建设出版社
·北京·

徐光耀

当代著名作家 电影编剧家
抗日战争亲历者
"小兵张嘎之父"

一位老八路军的自白

徐光耀/文

　　回顾我的一生，有两件大事，打在心灵上的烙印最深，给我生活、思想、行动的影响也至巨，成了我永难磨灭的两大情结。这其中一件便是抗日战争。

　　我是1938年参加八路军的，当时十三岁，以后一直在部队工作了二十年，经历了抗日、解放、抗美援朝三场战争，大小战斗打过一百多次。抗战八年，可以说，无论什么罪——苦、累、烦、险，急难焦虑，生关死劫，都受过了；熏过一回毒瓦斯，还落在鬼子手里一次，但都闯过来了。大背景是全民受难，大家都奋斗，都吃苦，流了那么多血，死了那么多人，个人星点遭际，有什么值得絮叨的呢？

　　然而，永远难忘的是那些浴血英雄，是那些慷慨捐躯的烈士。他们没有计较过衣食男女之事，没有追求过功名利禄之私，即使死去了，也没给自己或亲族留下私财私产，最后拥有的仅仅是祖国大地上的一抔黄土！可正是这个赤条条，才显出他们那牺牲精神的纯洁神圣、伟大崇高！如果说人性，还有比这种人性更高尚的吗？

斗争的激剧、残酷、壮烈，不仅激发了人们的昂扬斗志、崇高品德，也极大地密切了军民、军政、同志之间的血肉联系，大家在救亡图存、为共产主义奋斗的光辉理想照耀下，前赴后继，视死如归，把流血牺牲当作家常便饭。英雄故事，动人业绩，日日年年，层出不穷。昨天还并肩言笑，挽臂高歌，今儿一颗子弹飞来，便成永诀。这虽司空见惯，却又痛裂肝肠。事后回想，他们不为升官，不为发财，枕砖头，吃小米，在强敌面前，昂首挺胸，进溅鲜血，依然迈过一堆堆尸体，往来穿行于枪林弹雨之中，这精神，这品格，能不令人崇仰敬佩，产生感激奋励之情吗？

但我们终于挺过来，胜利了。回头一想，那需要写文悼念以光大其事的人，又有多少啊，真是成千上万，指不胜屈。再一想，他们奋战一生，洒尽热血，图到了什么，又落下了什么呢？简直什么也没有。有些人，甚至连葬在何处都不知道！正所谓活不见人，死不见尸。但是，他们还是留下了，留下的是为民族自由、阶级翻身、人类解放的伟大实践，和那令鬼神感泣的崇高精神。这精神，是中华民族生存的支柱、前进的脊梁，是辉耀千古的民族骄傲。

所以，当有朋友说想为广大青少年编一套"红色经典文学"系列丛书，并且一再邀请我作序，我欣然同意了。历史和现实都告诉我们，青少年一代有理想、有担当，国家就有前途，民族就有希望，实现我们的发展目标就有源源不断的强大力量。

"红色经典文学"系列丛书精选了多位作家在重要历史时期的、最具代表性的、能激励青少年积极向上而且至今都具有深刻教育

意义的优秀作品，旨在为广大青少年提供一套集教育性和可读性于一体的革命传统教育读本。这套书不仅弘扬红军战士、八路军战士、游击队员以及儿童团员不怕艰难困苦、坚韧不拔、可歌可泣的革命精神，而且展现了当时青少年发愤图强、不屈不挠，时刻准备着为共产主义事业贡献终生的积极风貌。

壮歌慷慨谁能忘，英雄豪气贯长虹。书中一个个鲜活的历史人物，一曲曲惊天的慷慨壮歌，一阵阵激荡的历史风云，承载着无上的光荣伟大，蕴含着丰富的民族智慧，闪烁着璀璨的精神之光。历史如同一面镜子，透过它，青少年们才能发现今天幸福生活的来之不易。无数优秀的中华儿女为了民族的独立、人民的解放，甘愿抛头颅、洒热血、前赴后继，他们的先进事迹时刻激励着后人们，他们永远是我们中华民族的骄傲，永远是我们学习的榜样。

希望广大青少年阅读这些革命传统教育读本，可以在缅怀中感动，在感动中汲取力量，并将这种力量化作心中闪闪的红星，指引他们秉承前辈们的遗志，认真学习，为实现中华民族伟大复兴的中国梦添砖加瓦，迎接和创造更加灿烂辉煌的明天！

2020 年 7 月 29 日于自拔斋

刘根生/假七月子

人物分析：死里逃生、隐姓埋名，在新河集地区领导当地人民积极作斗争，在他的领导下，最终成功摧毁"活人塘"。

性格特点：聪明机智、顽强坚韧、不畏牺牲

薛陆氏

人物分析：用自己亲生、命不久矣的女儿换回埋在坟地的刘根生，面对曾经欺压自己的地主积极反抗，身先士卒，为穷苦人民做表率。

性格特点：坚韧顽强、勇于反抗、积极斗争

大凤子

人物分析：悉心照顾受伤的刘根生，积极配合党的工作，带领当地人民积极抗争，争取自己的权益，是刘根生的左膀右臂。

性格特点：机智勇敢、心思细腻、勇于斗争

沈长友爹爹

人物分析： 他几次被敌人捉进大牢，但这并没有使他丧失斗志，反而使他更加斗志昂扬。他在当地人们的心中有一定的地位，他积极与恶势力作斗争，起到模范带头作用。

性格特点： 勤劳朴实、热心助人、勇于反抗

小团子

人物分析： 小团子的哥哥是八路军，因此他对八路军有别样的情愫。他年纪轻，行事冲动易怒，但是他的出发点是好的，他积极与"活人塘"进行斗争，因为年轻，也充满了激情与活力。

性格特点： 莽撞易怒、充满正义、积极反抗

孙在涛

人物分析： "活人塘"的主人，本书最大反派。十分狡猾奸诈，以压榨人民为乐，因一己私欲迫害新河集村十里八乡的劳动人民，最后被里应外合的劳动人民和八路军打倒。

性格特点： 狡猾奸诈、心狠手辣

目录

目录

一

　　新河集，两头芒，中间有个活人塘，

　　有钱没钱拖进去，打个票子到麦黄，

　　有房有地就典卖，无田无地拖进塘，

　　寡妇讹住去改嫁，姑娘留住当偏房，

　　无数穷汉年不过，多少伢子无爹娘，

　　哪日太阳门前过，死人跳出活人塘。

　　这首民谣，在新河集周围三十里路之内，流传五十年，只要是懂事的孩子，听唱到这首歌子的时候，都簌簌流下泪来。

　　新河集是苏北阜淮公路上一个著名的小街，全街五百多家人家，据老人们谈，从前十天四集，每逢一四七九，街里街外的人，这头推那头晃，人头上接钱做买卖，老百姓到街上跑过三趟，上海大世界也不想去了。

　　街后面就是一条阜淮公路，路上不分日夜走着牛车、小土车、担子、毛驴，来来往往滔滔不绝，特别是在丰收年的秋后，街头上都囤满黄豆、花生，生意的热闹那就说不尽了；一到冬至，江南下来的肥猪客人，都用轮船装猪。

　　街的四面有一丈二尺高的土圩子，四角有四座土炮楼，东西一条

大街,中间有一座三丈六尺高的孙家大楼,大人都把这楼叫"活人塘",三里路以外人望见就发抖,要是小孩子哭了,大人就说:"再哭给你撂到活人塘里!"这么一说,小孩子就乖乖地趴在大人怀里,一动也不动了。

孙家大楼盖起足有五十年,原是孙锡川在清朝中了武举,回家盖三间大楼,名叫"福寿堂",前边是八字门,两旁摆着一对石狮、石鼓,门头上横挂着一块石匾"武魁"。从此在新河集的陀螺三十里之内的老百姓,一天一天地变了样子,大户变小户,小户变光蛋,街的两头都瘦尖了。只有孙家,眼看着一天富似一天,瓦房、田地年年增加,门口的木排如山样;老百姓即将"福寿堂"改为"活人塘",活人塘的歌谣也就传出来了。

孙锡川死后,他的儿子孙在涛又接续了上世的威风。老百姓把

武举两字丢了，改叫"董事"，将"活人塘"称为"二衙门"；日本鬼子打到两淮后，"二衙门"又变为"维持会"，孙在涛当了伪乡长。这样三变，把新河集一条五百多家的街道变为孙在涛一家的了。圩外二十多户小人家，高高的房子变成小舍子，连一条狗都没得喂，周围二十多顷的黑土地变为孙在涛的一块饼，新河集周围有二百多家穷苦农民都做了孙在涛的佃户，街上扔砖头也砸不到人，活像变成了死街。

1940年秋，新四军在陈毅的指挥下，北渡长江，东进抗日，黄桥一战，打败国民党的89军，与八路军在盐城会师，从此，苏北人民才得到解放。

在苏北农村，提到"蒋委员长"，农民并不知道，一谈起蒋秃头，人人都可说上好几套，因在西安事变时，曾有好多蒋介石的相片流传到农村，因此农民见过蒋介石的相片；在农民口中，官称他叫蒋秃头。

一提到蒋秃头，人们便联想到韩德勤。韩德勤这个家伙，是江苏省泗阳县人。他的父亲原是个无恶不作的大恶霸，自从韩德勤当了江苏省主席，恶霸便爬上太上皇的宝座，两淮涟泗的穷苦人，更是殃上遭殃。

自从1937年冬，日本鬼子占领南京城，韩德勤率领十多万兵马退到苏北，人民的日子就更难过了。因此，人人都称韩德勤是天上的扫帚星，说他是反共摩擦的专家。

韩德勤由于只反共，不抗日，在苏北更不得人心。黄桥一战失败之后，便集中手下的残兵败将，盘踞车桥曹甸，背靠日本鬼子，面对新四军，摩擦了三年，他手下的兵马，成师成旅，打起和平救国军的旗号，扛起三八式的步枪，穿起日本鬼子的黄军装，因此，人人都骂韩德勤是穿着国民党衣服的汉奸，屠杀苏北人民的大嘴狼。

1943年的春天，韩德勤被新四军打败，赶出车桥曹甸，新河集也获得了解放。

新河集来了新四军，撵走了新河集的维持会，建立起人民政权。

新河集，自从建立起人民政权，在共产党领导下，全街不分男女，人人拿起刀枪，保卫祖国，保卫家乡，打日鬼，斗恶霸，杀汉奸，申冤枉，一直打到日本鬼子宣布投降。

日本鬼子投降后，新河集很快便实行了土地改革，从此，穷苦农民全翻身做了主人，新河集这条死街，又像春天的花草一样，死而复苏，慢慢又活过来。

新河集周围一块一块的黑土田，回到它原来的穷主人手里；街上的店铺，新换上门面，挂起招牌；圩外的小舍子，一个一个翻盖起茅草房。牛、驴扣成行子；多年不敢说话的人，又都嘻嘻哈哈有说有笑。"活人塘"也就没人提了。

二

　　1946 年的秋天，一个吓人的消息传到新河集：蒋介石对共产党翻脸了，调动四百万大兵，向解放区进攻。孙在涛又要回来了。孙在涛一回来，新河集又要变成"活人塘"。这消息像报丧一样，把人们脸上的笑容都赶跑了——在田里耕地的人站下犁、卸下牛，锄田的人，扛回锄子，男男女女，自动集合起来开会，一条声地喊："要想好日子过得长，组织起来打老蒋。"当场即成立起新河集的支前委员会、民兵队、担架队、洗衣组、慰问组、生产互助组，男女都组织起来，儿童团天天敲锣打鼓，在街上宣传，学校的漫画、黑板报，贴满了街。

　　苏中七战七捷后，国民党吃了大大的败仗，掉过头组织 74 师、28 师、整编第 4 师等，一共几十万军队，来进攻两淮，支前队第一次在新河集活动起来，民兵中队长沈金林在群众会上一提出担架支前，会场霎时一片嘈喊："我去！""我去啊！""我去找反动派'蒋秃头'算账……"寡妇薛陆氏娘儿俩，争先在会上报名——大凤子是薛陆氏二十岁的大女儿，第一个站起来："我去！"薛陆氏跟着闺女大凤子之后喊："我去烧饭。"沈长友老爹爹六十多岁了也报了名，转眼工夫，在场报名三百三十多人，经大家评议后，全乡共组织四十七副担架二百多人，薛陆氏被推选领导洗衣组，如有队伍住到街上，或哪块有医院，领导妇女去洗衣服，不必出发往前方去。沈长友老爹爹被选为生产互助组长，在后方领导生产小组，帮助出去抬担架的人家代耕、代种、代割、代收，向前方保证不荒一亩田，不损失一粒粮。大家同意了，连夜各人即忙各人的事。出担架的人，锯树、买竹子、搓绳，立即行动起来，网床的网床，打床的打床，新河集支前工作组成了全区的先锋队。第三天半夜即出动了。

担架队出去半个月，天天都传回很多好消息，新河集的人心，也很快安定下来了，就像有一道万里长城，把蒋介石几十万军队全挡住一样，大家都相信蒋介石的军队，是人民解放军手下的败将，它一定进不了淮安城，只要两淮不丢，新河集保准平安无事，各家照常做活。不过轰隆隆的炮声，日夜地响，飞机天天在头上嗡，到处乱打机枪，仍搅得人心神不安。

一个半夜时分，薛陆氏一只膀子脱出棉袄袖，抱着镰刀，埋着头，呼哧呼哧地在砍着豆稞子，她的小女儿七月子站在路旁，呆呆地喊："妈嗳！妈嗳！担架队又过来了；我大姐哩？我数了好半天，也没有看到她。"

薛陆氏抬起头来，望望两丈多宽的公路上，过着黑压压的民工队，一眼望不到头，吵吵嚷嚷地向南奔。她对七月子说："你姐她们在前头呢，这怕是滨海县的吧！乖乖，趁夜里快割吧，白天飞机一来，又要闹了。"

七月子割一束豆稞子，抬起头来向路上望一望，嘴里喃喃地唱：

> "送姐送到大羊庄，
> 姐姐担架上前方。
> 帮助军队打胜仗，
> 妹妹在家收割忙。

妹妹在——家收割忙。"（十送调）

薛陆氏隔一会儿也抬头望望公路上的人影，听七月子唱得蛮好听，有时候又张开嘴跟着哈哈哈笑，不知不觉天已大亮。太阳渐渐冒上竹竿高，二亩黄豆还没有割完。再向后边看看，路上的民工大队已过完了，只剩下三挂牛车，急急地往前赶，她一时慌张起来，对七月子说："乖乖，快到那头去，把小车子推来，让妈妈装，该死的蒋秃头，万恶的国民党飞机又要来了。"

七月子骨碌站起，镰刀一撂，拔腿跑到小车子前，解开了绳，抱起车把，推着喊："装啦！装啦！"

薛陆氏刚抱起一铺豆秸子，忽然听到天上呜呜响，抬头一看，只见东南角飞来四架飞机，她就朝地下一卧，拼命地叫喊："乖乖，飞机来了，趴下来，就趴在那豆铺上，不要动！"

公路上三挂牛车，装的满满三车洋面，赶车的人，一听到响声，四分五散地都跑到公路旁，头直往豆秸与山芋沟里埋。那不知死的老牛，还探开腰，拉着车子，一步一步地向前走。薛陆氏两手抱住头，在暗暗求菩萨，希望观音大士来保佑那三挂牛车："菩萨，不要被看见啦！飞过去吧！"突然最后一架战斗机，如箭头一样，直冲下来。咯咯咯咯咯，一梭子机枪，打得路上塘灰直冒，前边的那两架轰炸机，这时也掉转过头来，从双翼下，甩下七个黑黑的东西，好像七只小燕子，倾斜着下来，轰轰轰地炸得地动山摇，一辆牛车在轰炸声中烧起来，拉车的三头大黄牛被炸得五马分尸不见牛影。在一阵轰炸之后，七月子慢慢翘起头，眼呆呆地说："妈，大姐她们不晓在哪块啦！"薛陆氏的脸，已经和紫萝卜一样，没有说什么。

她抬起头来，望望路上的牛车着了火，三头大黄牛被炸成肉酱。

天上还是呜呜地响，她勒起拳头，对着自己的脑壳，咕突咕突轻轻捶了几下说："我年纪大了，死了也没事，大凤小伢子，胆子小，万一碰上这个杀千刀的飞机，吓就吓死了，我怎让她去参加担架队呢？……"低头看看满田二尺多高的黄豆稞子，由根到梢，一挂一挂的饱鼓鼓的黄豆荚子，坠弯了豆秸。她心里一转念，要是保不住两淮，孙在涛再回到新河集，待在家里也没有命，轻轻又放下手说："他要我肝花，我要他肚肠，去得好！早把国民党打败，老百姓也能过个太平日子。"

国民党的飞机，在头顶上呜呜地响，她趴在地下，前前后后地想："新河集一条吃人的狗——孙在涛，他害死我家男人，霸占去我家田地、房屋十三年，共产党帮我夺回来，仇还未报，他又要回来，我一家的命，还有吗？……"

她想痴了，忘记空中还有飞机转，在豆铺上一头坐起来，向七月子招招手说："乖，你到妈妈眼前来，妈妈告诉你，你爸爸……"

七月子在地上一滚，爬到她怀里，一把抱住她脖子："妈！快趴下，下来了，你看，你看，屁股上冒烟啦！"

她抽了抽鼻涕，在七月子脸上揩了揩灰土，拉回七月子指着天上飞机的手，说："随它冒去，打死比活着好。"七月子被说得目瞪口呆，看她好一会儿，惊叫一声："妈妈！"她把七月子往怀里搂住，说："乖乖，你不知道妈妈的心思，要是国民党来了，孙在涛这班恶狗跟回来，那罪比死还难挨啊！"

七月子伏在她怀里，她的双手在七月子头上抚摸着："乖乖，你已十七岁了，你在妈妈肚里，就没了爸爸，你是苦命！眼看这情形，我娘儿的罪，又要到头上了！……"

薛陆氏嘴扁了很久，眼圈一红，扭过头，指着后面黑洞洞的树圩子，说："乖乖，这圩子里的瓦房，都是穷人一点汗一点血盖的，它就是活人塘，你爸爸就死在那里。"

七月子在她怀里，翻了个身，跪在她的腿上，摇着她的肩膀说："妈！再不要提爸爸的死吧！"说着，就伏到她怀里呜呜哭起来了。

三

　　七月子最怕妈妈提起爸爸的死。当她第一次听到的时候，直哭了一天，妈妈也陪着她哭了一天，以后她一想起就吃不下饭去。

　　那一次，还是在两年以前，她们母女三个还隐姓埋名，逃在三河南一个小村子里。薛陆氏离开新河集，原是因为孙在涛要逼她做小老婆才逃出去的，那时候只怕孙在涛打听着她的下落，自然不敢跟孩子们多谈底细话，等到1944年新河集实行减租减息的时候，沈二爹才去把她们母女叫回来。

　　她一回到家乡，见各村的农会召集受苦受难人倒苦水，斗地主，向地主恶霸算账，讨还血债。有一天，大凤子出去开会了，她对七月子说："别人都去诉苦，妈也有一肚子苦水要去倒一倒。"七月子问起缘由，她说："提起咱家的苦来，真要把妈憋死了！净是孙在涛那杀千刀的害的！孙在涛是新河集最有势力的人，吃人的野狗，他父亲孙锡川中过举。孙在涛是新河集的董事，做过乡长，他家有二十多顷地，开木厂，家里养十几个兵勇①，专门在新河集欺侮穷人，霸占穷人家田地、房屋、女人……"她咬牙切齿地往下讲，七月子急得一头蹦起来："爹也是被他抢去的吗？"

---

　　①兵勇：保家丁。

她拉起破蓝布的夹袄角，拭拭眼泪，掉回头："乖乖，咱新河集周围的黑土田，都是孙在涛霸占人家的，被孙在涛高利贷滚去的，中间有咱家十二亩是从你老太爷手里买的，你爸爸就是为这十二亩黑土田被孙——孙在涛害死——的……"

她讲到这块，七月子问："妈！咱们不是从三河南来的吗？"薛陆氏说："乖乖，咱原来也是新河集人。咱薛家祖上是锅碗一担挑到新河集的，落了户，靠两只手，苦，可怜，熬肠刮肚的，又买了几亩田，到你爸爸手里，咱家已是独牛独车的人家。"

七月子随口问："妈！咱们家也有过地呀，后来为什么搬走了？"

薛陆氏接着说："孙在涛是黑狗心，大嘴狼，吃人无厌的。他看咱家这块十二亩田，戳在他的田肚里，他就起意害死你的爸爸，拆去咱家的房子，占去咱家田，他把咱一家害得家破人亡，妻离子散……"

七月子盯住她妈妈看了半天："妈！那我们怎么还活着呢？爸爸怎么就被害死了？"

"乖乖，在民国18年9月里，你爸爸从田里推一小车豆子，往场上一登，那个杀千刀的张学海来了。张学海是孙在涛的贴身子①，手里拿着盒子枪，恶声古怪地来到咱家，不管三七二十一，老鹰抓小鸡一样，把你爸爸拖了就走……"

"妈，好好就被抓去吗？那你呢？"

"我在家正喂你大姐吃奶，一吓吓昏了，跑到外面，撵到门口大路上，一把抱住张学海，央求了半天，'张大爷呀……你把他这忠厚人带到哪去啊？！'他飞起一只脚，直对妈妈胸口，把妈踢死过去。……"

七月子伸手在她怀里摸摸："妈！就踢你这块的吗？"

---

①贴身子：当差的门丁。

她接着说:"圩外沈二爹爹跑来,慢慢把妈妈届过来!你爸爸已不见了,晚上周步权大哥送信来,说你爸爸被孙在涛吊在大厅上打得死过去三次,硬赖你爸爸偷他家驴子的,用铁丝穿起鼻子……乖——乖——"

七月子一头坐起来,眼睛吓得直转:"妈!那不疼吗?快把驴子还他吧?"

她往七月子肩上一倒:"乖,哪块有驴子哈,你爸爸是吐口唾沫脸上揩掉的人,出世未拿过人家一根线,未动过人家一把草,怎敢太岁头上动土,去偷他家的驴子呢?这都是杀千刀、把狗拖的、绝子绝孙的孙在涛做就的套子,他把街上的大烟鬼子周连奎弄通了,一口咬住你爸爸与他伙偷的,蛇咬一口,入骨三分,贼咬一口,跳下黄河洗不清……"

七月子眼睛睁圆,跳起来说:"爸爸不能跟他讲理吗?"

她低下头向七月子脸上望望:"乖乖,天下是人家的,刀把子掌握在地主恶霸手里,做官的都是和地主一批货,你哪块去伸冤呢?把你爸爸送到县里,第一天就把膀子吊断了,腿被木杠子踩折了,你爸爸哪受过这样大的罪?一恨一闷,第三天晚上,就在牢里一头对墙上碰死了。乖乖,你爸爸,这坟十五年了,那时你还在妈肚里……乖乖,你爸爸在牢里临死,把手指咬破,在心口写'申冤'……"

七月子呱啦一声:"爸爸呀……"躺下直滚,大哭大嚎,她也抱着七月子滚起来。

她抱着七月子,躺在地下诉长道短地哭叫:"我的亲人啊,伤心啊!你要我申冤,你要我报仇,薛家是孤门小户,鸡蛋怎能与碾子石碰啊?你棺材一下田,下豆油锅的孙在涛又下绝心眼子,带来十几根枪,把我抢到家,逼着我嫁给他,沈二爹把墙挖通,救出了我,带着大凤子,逃到三河南……乖乖呀!就是那一年才生了你。在三河南整整熬了十五年,共产党来了才把咱们叫回来……"

七月子说:"那我们就该和他去算账啊?!"

薛陆氏长长叹息一声:"算账,咋不想和那个杀千刀的豺狼算账呢?再等妈妈回来,他早就跑了……"

七月子未等妈妈说完,蹦一下坐起,睁圆眼睛说:"跑了,咋给他跑了?"

薛陆氏说:"不是给他跑了。1943年春,眼看着韩德勤败了,他带着新河集上的维持会、黑狗队,连夜跑进淮安城,去找他的姑爹爹沙贵章了。"

七月子问:"沙贵章是干啥的?"

薛陆氏说:"淮安城里的大汉奸,日本鬼子的县长。"

七月子问:"大汉奸,我们没有捉住他?"

薛陆氏说:"日本鬼子投降时,新四军打进淮安城,捉住了沙贵章,孙在涛跑了。他跑到南京城,摇身一变,又成了国民党……"她和七月子正在家哭得喘不过气来,大凤子从外边走进来说:"妈妈,我们要擦干眼泪,给爸爸报仇!"

就在那天中午,大凤子领着妈妈和七月子,到了上千人的大会上,控诉了孙在涛,才算出了一口冤气。

在农会斗地主的那一年,他们的房子和地虽说退回来了,但她薛家和孙在涛这笔血债却没有清算。

四

自那次说开头以后，薛陆氏这二年常好提起那些事。每逢提起来，自己哭，两个女儿也哭。这次割着豆，蒋匪的飞机一来，她就又提起来了，幸亏七月了把她拦住，才算没有一直说下去，不过既然提起来，母女俩自然难免又哭了一阵。

母女两个，把两车豆子推到家，堆起来。七月子还眼泪汪汪地坐在箩子前削山芋，薛陆氏捧着一股善香，跪在她的丈夫薛长高牌位面前，叽叽咕咕地在祷告："屈死阴魂不散，孙在涛杀你，你到阎王面前告他阴状，请阎王爷活捉活拿孙在涛，在清江把他打死，不要让他回新河集来。保佑大凤子在火线上多抢救几个同志，保佑清江不失……"

大凤子扛着扁担，突然一头进来："妈！"

她掉回头，一把抱住，问道："乖乖，杀千刀的①都被打死干净了？！"

大凤子眼红了红，摇摇头说："昨天中饭后，我们部队接到命令，都转移了。"

薛陆氏浑身一颤，瘫到地下，失声叫道："菩萨呀！你——叫我娘儿到底怎好！……"她眼睛盯住她丈夫的灵牌。

七月子手里削山芋的刀子，啪嗒掉下地，全身格凛凛打了一个寒战，呆呆地坐在箩子上，好半天才喊出一声："姐……"

---

①杀千刀的：指国民党军队。

大凤子坐到小板凳上，长长咽口气，说："唉！……部队同志在清江西码头，拼命打了七天七夜，大炮弹把地都打翻过来，黄狗①几十次冲锋都被打回头，连天上飞机也被打下好几架。昨天早饭后，从南边漫上来的黄狗，打到清江南门，又被打败下去，到中饭后，上头忽然来了命令，叫转移……"

薛陆氏不等大凤子说完，一头站起来，问道："乖乖，孙在涛回来吗？"

沈长友夹着旱烟袋，惊惊慌慌跑进门来。他气喘喘地问："大凤妈，大凤回来了吗？"

大凤子站起来，迎了上去，说："二爹，我回来了。"

"乖乖，你——你怎……大团子呢？……"

"团子大哥，带了七副担架，把几个受伤的同志送到小刘圩，马上就回来，你放心好了。"

沈长友伸手拉过一条小板凳，轻轻往下一坐，掏出火镰，砰砰两下，打着了火煤子，吸了一口黄烟，他才点点头，自言自语地说："嗯，人都回来也罢了，这是天日之光，祖上的积德。"

薛陆氏用夹袄袖头揩揩眼泪，抬起了头，对沈长友问道："二爹，这到底怎好？孙在涛那班恶狗，万一回来了，你看，我娘儿到哪块去哩！"

沈长友把脚在地下顿顿，看着薛陆氏懊悔地说："唉！我也是在想，若是大团子不做这个倒头的民兵什么长不长的，话还好说，分的田再给他就是了。唉！这下两淮已经保不住了，新河集还能挡住他不来吗？"他说着伸手拉起三面新的棉袍，在手里摆了摆，咽了口气接着说："长到六十岁，做了一件棉袍子，怕靠不住穿了。"他说罢头往怀里一屈，愁眉苦脸，强吸着烟。

大凤子翻翻眼睛说："二爹就是一时一变的铃铛心，才说虚就喘

---

① 黄狗：老百姓称蒋匪军为黄狗。

起来了，分孙在涛的田和房子的，圩里圩外有头二百家，就能软软瘫瘫还给他吗？只要大家能一心，鬼子在这块几年还不是过日子，有的是解放军为咱们撑腰……"

薛陆氏听大风子一说，好似得了什么护身符一样，忙问："解放军能不走吗？"

大风子说："我倒不怕解放军走，就怕我们自己铃铛心，见敌人一来就慌了，悔恨当初，不该斗地主了，不该分东西了，也不该当干部了……"

"说起来你们都凶，我种孙在涛四十年田，还不知他是一把毒刀吗？"沈长友好似受了委屈，看了大风子一眼，把烟袋往胳肢窝一夹，头一低就走了。

大风子看看沈长友的背影，拉着七月子，抬起柳筐，到河边去洗山芋了。薛陆氏仍痴痴地坐在家滴着眼泪，心里胡七乱八地想："新河集到城只有几十里，家后一条公路直通大洋桥，脚抬抬就到了，解放军在这里还能站得住脚吗？"

"新河集一条街的房子，圩外大片大片黑土田，都被人分了，孙在涛就死心吗？他回来不杀吗？"

"我……我娘儿更是他眼中钉子。他害死我家人，把我家紧吞吞的两合头房子拆去，车、牛、家具、食物，一根针都没留下，东西拿去，田占去，我娘儿逃到三河南十五年。新河集解放那年，沈二爹爹才把我找回，与他算了账。……"

"我家这房子是分了他的木头盖的，牛退还我了，家具食物也还了，田也倒回来了。他回来，他就饶我了吗？唉！我娘儿又不知到哪块去讨饭晒干瓢……"

周步权气冲冲地跑进来，大声直叫："薛大妈！各家都到三官殿去开会，中队长他们都回来了。"回头又向外跑去。

她往起一站，追到门口，叫着问："步宽！开什么会啊？全去吗？"看看周步宽已经走向后圩了。

她向河边喊一声大凤子，把头上手巾裹紧，慌慌张张拉开门，向步宽走去的方向跑去。她爬过一道圩沟，穿过几块荒田，急喘喘地跑进三官殿的大门。她只看到这块蹲着一团子人，交头接耳在谈："队伍在圩外已经做工事，准备打了。"她又看到那块一伙人在讲："你放二十四个宽心，部队开走了，共产党是不会走的，共产党不会甩掉我们老百姓的。"她听到有的商议如何把小孩子送走，有的讲孙在涛在上海召集一班逃亡地主，地痞流氓，如何发狠：回来把新河集杀得鸡犬不留。她还听到有的在喊："不要怕，他能杀我们，我们就不能杀他？杀！杀！他要我肝花，我就要他肚肠！"有的憋着气"唉！唉……"地长叹。她心往下一忐，痴呆呆地站住了。

呜呜呜呜哨子一响，头二百人都围到大殿上去。民兵中队长沈金林爬上神台，向大家笑笑说："今天来开会，大家心里都好像小浪头似的，咕突咕突地在跳吧？慌吧？不碍事的！胆放大些！过去的枪都是孙在涛一伙人拿的，叫我们头朝东我们不敢头朝西；现在天下变过来了。我们穷人都团结起来了，有了枪杆子了。他占去清江淮城是没有用的，鬼子在这里住八年，我们还是照样减租，斗恶霸，孙在涛如今当了还乡团，要跟国民党打回来，他回来好嘛，他回来正是肥猪往屠夫家里跑，送上门来货，杀着当菜吃，今天晚上，由圩西到徐刘庄二十里公路要大家去全部挖掉！我们民兵各人把枪擦好！大家回去把铁锹准备好，是说嘴拿手的事！帮助军队把工事做停当，等他来吧！"一班青年小伙子都跳起来喊："他来，预备两颗小弹子。"周步权在人堆里喊："不与孙在涛拼，八代都是孬种。"哄哄一阵，各人都回去准备铁锹了。

薛陆氏抢着喊："队长，破路，挖工事，不管要多少人，我家都去！"

接着，她就放腿往家跑，招呼大凤子和七月子，要她们收拾铁锹，去帮助军队做工事。大凤子、七月子一听去破路，准备与国民党军队打仗，失失慌慌吃了两碗山芋粥，把门一锁，一家娘儿三个，都扛起大蒲铁锹，跑到三官殿去集合，沈长友老爹爹好像又得到什么好的消息，情绪又大大地变了过来，夹住一把锹在人堆里走来走去地讲："解放军花了几年苦工夫把我们穷人才弄出头，就舍得把我们撂了吗？大团说，还准备打大仗啦！清江撤退是想诱敌深入，好一举歼灭。我早打算好了，孙在涛要真的占了新河集，我也跟大团去打游击呢！"

太阳刚落山，二三百男男女女，扛着铁锹，往新河集西圩门外出动了。

五

国民党的74师,于1946年9月19号的下午占领清江城,20号沿着运河线向南进攻,先后占领运河线上淮城、宝应、高邮,匪师长张灵甫越发疯狂,转兵北上,进攻涟水城。经过十一天的血战,至10月26日,张灵甫大败,死伤七千多,在两淮补充休整一个月,二次又进攻涟水城。解放军的主力部队,那时是坚决执行毛主席战略方针,提出口号:"打好运动战,歼灭敌人有生力量,不在一城一地得失。"解放军含泪撤出涟水城,通榆路上的叶挺城亦接着撤退,在宿北①又布置下天罗地网。这时新河集变成阻击敌人、拖住敌人主力57旅、保证宿北战斗胜利、全歼敌人的一个重要战场。天天十几次情报,敌人前来攻打新河集,圩里圩外的人,家家连夜搬家,窖粮食,把女人小孩送走。民兵中队长沈金林带了三十几个民兵,一夜到天亮四处去摸信,送情报。公路上的战士,趴在战壕里,日夜戒严,禁止行人来往;街头、路口看不见狗跑;这一切都显得万分吃紧,真是大战前夕的紧张气象。

7月23日的半夜,解放军黄海大队二连一百多战士,头上戴着钢盔,枪上装起雪亮的刺刀,腰中插着手榴弹,团团围在新河集三官殿里,连长站在隐隐的煤油灯眼前,大声地喊:"同志们! 我们在新河集

---

① 宿北:宿迁北部。

等了好久,今天敌人送上门了。敌人57旅,在两淮集中三个团,配合二百多还乡团,要到通榆路上去增援,我们要在这里迎头给它一棍,打断它的后腿,我们要以自己的血肉,保证新的战斗胜利,彻底歼灭敌人,大家有没有这个决心?!"

人堆里跳出一个小小个子的青年战士,勒起嗓子喊:"我刘根生是在火线上加入党的,我要永久在火线上考验自己。我身上还有三千五百元抗币,全部交给党,我要是牺牲了,这就是我缴的最后一次党费。"

指导员费文豪拍着胸口说:"我们每一个共产党员,要坚决学习刘根生为人民牺牲流血的精神,同志们,我是连指导员,我坚决走在你们头里!我如被敌人打伤了,同志们不把敌人全部消灭,决不要望我一眼,不要拉我一把!我如在这次牺牲了,我有一条棉被子,三套单军装,两件衬衣,是党的,希望同志们替我全部交给党!我那条花被单是我娶亲时候买的,我送给大家撕开擦枪,每个同志把枪擦得更干净,更亮,更多杀几个敌人,为牺牲的同志们报仇!"

一排长杨文奎站起来说:"我腿已受伤三个多月了,连长批准我到后方去休养,我坚决不去。我不把这次仗打过不离开新河集,我向党发誓,我愿与新河集共存亡,我要用自己的鲜血保卫新河集。流血,一定要流在新河集的战壕里,死也一定要死在新河集的圩外。"

一个战士站起来:"我愿参加第一线的突击队,不缴敌人一挺机枪,我不回来见大家。"接着又是一个跟着跳起来:"要立功也在这一回,要报销①也在这一次,决不做孬种,我也参加第一线突击队。"全体百十个拳头都竖上天,一齐喊起来:"一定要叫敌人死在新河集的圩

①报销:牺牲。

外！不让敌人进街！"张连长一纵跳上神台子，涨红了脸喊："我最后向党表示，我这次坚决把血流在新河集人民的心上！我牺牲了，由一排长代理连长，请他做我的代理人！同志们！我们的战斗任务已经开始，我们挺起胸膛，去迎接战斗吧！"

呼呼的东北风，吹起黑黑的乌云，盖住满天的星月。伸手不见五指的战壕里，嚓嚓嚓的声音，一阵一阵传开去。鸦雀无声的深夜，霜牙牙的寒冬，冰块似的战壕，眼看就要被鲜血染红了。

西北角上突然啪的一声，天空冒出一个红球，翻身一绕变成小斗大一个白球，照得田里冻在泥上的青麦雪亮，一道一道的光线，射花了人眼。刘根生带着第一线突击队，迎在公路上，轻轻地喊："同志们，手榴弹准备好，战斗开始了。"

"突——呜——轰——哦——"一个榴弹炮打进新河集的大街后，圩里圩外的老百姓，从暖和和的被窝里被震醒了。霎时一片狗咬，猪叫，马嘶，小孩哭，大人号，各种各样的悲惨声，一阵阵传到战壕里，每个战士都摸起自己的手榴弹，揭开盖子，扣着线拴，眼盯盯地看着前方，等待命令，甩向敌人头上去。

漆黑的乌云里，突然一阵蝗虫似的火花，映红了天。咯咯咯咯咯……嘚嘚嘚嘚……哗哗哗……各种的机枪声，步枪声，四面都响起来。密密的子弹。哧哧哧哧哧各种声音，在战士耳朵边呼呼响。火箭炮"嗵！嗵嗵嗵嗵嗵嗵"，六门炮，一阵紧似一阵，榴弹炮、山炮、野炮，轰得圩里圩外房子上的灰土沙沙直飞，战壕上一块一块的泥土直往下塌，遍地是塘灰、烟雾，呛得人张不开嘴，睁不开眼。

连长在烟雾里，迎着子弹，顺着战壕，如刮风的一样，冲进第一道防线。他拉住刘根生的手，说道："刘班长！这是党交给你的任务，敌人炮火不管怎样猛，死得剩一个人也要守住阵地，你记得吗？"

刘根生在黑地里，挺身站起，把连长的手拉在自己的胸口上拍拍，说："你放心吧，只要我有一口气，如让敌人冲进我的战壕边子，你砍我的头。"接着，他激昂地向大家说："同志们！枪头刺刀插紧，手榴弹火线拉在手里，不准打枪，听我的口令，准备肉搏！"

连长在全班战壕里巡视一转子，提着盒枪说："同志们，你们工事前就是一条小河，木桥已被拆断，这是全连的生死存亡的喉咙眼儿。你们要记住，坚决勇敢，顽强不屈，切不能骄傲大意，你们坚守着，在紧张的时候，我带着二排走右边抄上去，你们注意了。"连长一个垫步，又穿到左边一条战壕里去。

敌人集中六门炮，轰到天要亮，沿着公路小河边的一道掩护刘根生的突击队的战壕全部轰塌了。薛义礼被炮弹从战壕里震到路上又滚下来；陈士锦、曹正瑜俩人被炮弹炸窖在泥土里，闷得喘不出气来，手尽往上捞着。刘根生刚要伸手去刨泥里的人，只听得外面传来一阵沙沙脚步声和小河里哗哗的水响，一看，从河底下蜂拥地蹿上一簇黑影子，他扔起两个手榴弹，跳出战壕，大喊一声："同志们，冲呀！"接着轰轰轰的一阵手榴弹轰响，十三个战士冲出了战壕。

一个班的敌人，正端着枪，弓着腰，爬上河岸，迎头被二十几个手榴弹一炸，有的躺倒了，有的掼下水了，没赶上还一下手，就被打垮了。

后面的敌人又冲出两个班，一个排，接着拥上来了。炮弹、手榴弹、机枪、冲锋枪，撒种子一样。戳来戳去的刺刀声，嚓嚓嚓嚓地交着锋。炮弹片落在钢盔上，发出哐当哐当的声音。冲过来，杀过去，小河里，黑影子越杀越多了，刺刀声、钢盔声，越碰越响了。河里，骂声，嘶叫声，呼喊声越来越高了。连长带着二排两个班战士从右边一头冲上来，截住了敌人后路，挡住了敌人的增援，在"打打打打打打"激越的冲锋号声中，六十多个敌人全部倒在小河里了。一次，两次，三次,四次,一连肉搏了七次,天已大亮了。敌人停止了炮火,战士们趁机赶做阵地工事。刘根生再数数全班战士,十三个人只剩七个血人了。赵干才帽子被戳破,从耳朵根流出来的血,一点一点地往下滴。胡锦高腰眼、腿上的棉花,一块一块地拖出来。刘根生看看自己的膀子上被刺刀戳破,手面也在流血。他也顾不了这一切,只激昂地向大家说:"同志们!我们工事守住了,敌人退回去了,我们这回是胜利了,我们流血是光荣的。"

指导员从后面带了两个班,上来接换。全班的人一致地说:"人不死,气不断,坚决不下火线。"

六

　　黑云里穿出来红红的太阳,照着地上的血汪,越发鲜红发亮。刺刀带出来的棉花团子,如大枣粒子一样。在小河里,随着风飘,顺着血流,四个躺在血里的国民党匪兵,有的滚、有的爬、有的喊、有的叫。刘根生趴在战壕里,和悦地讲:"喂,你们躺在那里忍着一点,我们都是中国人,没冤没仇,只恨蒋介石,他为着要卖国,要做美国的干儿子,把你们抓来当炮灰,来杀自己人,马上担架就来抬你们去包扎所了。"

　　太阳一步一步地爬上树头、屋顶,新河集变得鸦雀无声,看不见敌人的影子,只见战壕里的战士和老百姓,闹哄哄地在一块,有送茶送饭的,有修补工事的。只闻到猪肉米饭香味,再见不到机枪烟雾火花;只见到老百姓,提着鸡蛋花生,送来送去,互相慰问,一阵一阵的欢笑声,再听不到手榴弹的爆炸;只听得铁锹钩钯,翻起泥土,筑成新的工事,再听不到大炮呜呜呜地飞腾。沈长友、沈金林爷儿俩抬一桶雪白的大米饭,送到最前边刘根生的战壕里。沈长友亲亲热热地拉住战士:"同志,快趁热吃吧!你们都是天兵神将啦!我们全新河集上千人的命都活在你们身上,孙在涛一回来,我们都要没命,田地、房屋,都保不住。同志,打得好,把蒋介石这些乌龟王八蛋,统统打死,老百姓就有安稳日子过了。"战士们拉着他的手:"老爹爹,你放心吧,我们坚决用血肉来保卫住新河集。"

周步权哼吱哼吱挑来两桶开水,向着战士说:"同志,来喝吧! 一夜辛苦了,喝碗开水,暖暖身子。这一夜呵,都在担心,怕你们万一支不住啊!"扭过身见到战壕外小河底下一个受伤的"中央"军还在哼,他眼一红,抽回扁担,牙一咬:"狗入妈妈的,你来帮助孙在涛的吧!"一头冲出战壕,举起就打,被战士伸手拉回来:"老乡! 我们对他是宽大的,他也是被迫来的。"他把眼一勒:"什么宽大不宽大,他逮住我们人也不知有多毒辣,我非打死他不可。"经战士劝说了半天才劝得他息了火。

薛陆氏娘儿三个,整天地在帮助战士做工事、洗衣服,搞得实在累了,这天晚饭也未吃就团上床。刚到半夜,忽然轰轰两个大炮弹子,落在她家西山头炸起来,震得房子直晃,满屋的泥灰,沙沙直往下掉,她娘儿三个裹着被子,在床上一头滚到地上,大凤子下巴颏子打得格凛凛地响:"妈,妈! 打起来啦!"薛陆氏活抖抖地叫:"乖! 不得——了——啦!"

遍地机枪声,大炮声,洋号声,更呼呼地响,薛陆氏跪在墙角上,磕着头,咕咕地念:"菩萨,菩萨,阿弥陀佛,观音大士,你是救苦救难的,显显灵吧! 保佑新四军,叫孙在涛遭活报,活捉活拿地把他打死吧! 阿弥陀佛!"

太阳竹竿高了,枪炮一声不响了,她还跪在地上咕叽咕叽地念,祷告观音大士。大凤子拉开头上的被子,伸头望望门缝里射进了一线阳光,侧着耳朵听了听,一点动静没有。她轻轻走到门口,倚在门旁,慢慢拔下门闩子,拉开二指宽一条缝,伸头向外一张望,突然跳起来:"妈嗳! 妈嗳,'中央'军败了,李永高抬着桶子,热气腾腾地向战壕里去,金林大哥,带着民兵,抬一副担架向北走。快! 你来看,沈二爹爹也回来了。"

她骨碌站起来："乖！真——真的吗？"跑到门口，把门"克叉"往开一拉，跑出去了。

她跑到墙拐角上向后一望，两手理理头发，把手巾角向鬓根扎扎，脚底生风似的往家跑，嘴里吵吵地喊："大凤子，你把妈妈那小瓦罐子里的鸡蛋，都丢锅里煮煮，圩里的人，都抬饭送茶来了！快！我到圩里去看看受伤的同志们。"她门也未进，气喘喘地直往新河集街里跑。

她一跑进包扎所，抬眼看见小三妈、周二嫂几个人都在包扎所里，帮助医务同志给伤员喂茶，冲洗伤口，忙得满头是汗，她抢上去拿一只碗，装上一碗米汤，喃喃骂着自己："该死的，我吓痴了，到这晚……"

她正在喂一个伤员米汤，见门旁一个伤员同志喊要大便，看看医务所的同志都忙得分不开身子，她丢下碗说："同志，你等一下，我去帮他大便后再来喂你喝。"说着扭过身子，亲热地跑去："同志，我帮你好吧！别的人忙不过来。"那是个很年轻的伤员，才二十来岁，见一个老奶奶来帮他大便，把头摇摇："我……"眼光溜到另一边去。

她拉住这位伤员的手："同志。怕什么，我这样大年纪了，我的闺女与你一样大了，我们不和母子一样吗？我抱你起来吧！你看别的同志都忙呢！"那个伤员翘起头："这……"

她把那个伤员轻轻抱起，端过一只大便桶，帮他解下裤子，扶着他坐在桶上："同志，你们为我们老百姓流了血，比我们自己儿子还重……"把自己身上的棉袄角撕开，摘下一团棉花，帮助伤员揩了屁股，又将他抱上了铺，伤员同志抱住她的膀子："妈妈！你对我太好了。"

"同志，我家杀身大仇，靠你们替我报，我娘儿三个的性命，也靠你们保着，帮这点事，也尽不了我心啊！"

前方的枪炮声，又一阵阵传进病房里，伤员们咬牙切齿地骂着："蒋介石啊，你不要狂，老子只要有一口气，也非同你干到底不可！"

新河集的战斗,24号一天平静无声,25号的半夜敌人又开始发动总攻。敌人在小吴圩子筑起工事,连续组织十七次冲锋,都被打回去。守住新河集的张连长和费指导员,鼓着嘴,捧着地图,坐在刘根生的旁边,呆呆看着。大队部的作战参谋吴昆,手里拿着一根红蓝铅笔,在地图上指着小红圈子,苦着脸,皱皱眉毛,哑哑嘴说:"这是小吴圩子,离我们的阵地,只有六百多米远,工事很高,对我们的压力很大……"张连长摇摇头,心里翻来覆去思索好久,声音很沉重地说:"很难摧毁的,外面还有三道铁丝网,这是敌人的前线指挥所……"

作战参谋坐在地下,两眼眨巴眨巴向战士呆呆看了好久,向张连长干脆地说:"二连长,这是指挥部的命令,今晚七时,一定要把敌人这工事摧毁!这是全军的生死问题!你一定要先组织突击队把敌人三道铁丝网破掉,送上炸药,把三角塔形的工事炸掉,你不要再犹豫了!现在已到四点钟啦。"

连长还未开口,刘根生在旁边跳起来:"这任务交给我。"说罢,急转过身,面向着战士们一声喊:"不做孬种的跳出来,我们去完成!"刘根生的喊声还未落音,便从队里跳出六个人来说:"我们干!"连长把刘根生手一握:"好!干吧!你是涟水保卫战的战斗英雄!"

指导员站起来,向全体战士敬了一个礼:"同志们!我代表党,向你们致敬,你们所做的一切是光荣的,党正需要你们。"

作战参谋,连忙收起摆在战壕里的地图,握紧了连长的手:"好,二连长,重机枪连与炮兵连,马上就都来了,一切火力的配备,都由你指挥,再见。"他像浪头上的大鱼一样,说罢顺着战壕走了。

昏暗的太阳,飞快地下去,升起黑沉沉的烟雾,吞没了亮光,四面敌人的照明弹,一个一个地在黑云里盘旋翻腾,照得枯黄的树枝,无精打采地摆动,田野的坟茔上,一处一处烧起火把,照得敌人的工事上，新挖起的黄沙，反射出千千万万根骨苏苏的光柱，一阵一阵的寒风，更往骨头里钻。连长站在寂静的战壕里，突然一声："同志们，已到六点一刻！"

霎时战壕里"嗵嗵嗵嗵，打打打打打，格格格格，哗哗哗哗"响起一阵激烈的暴风雨般的响声，刘根生穿着单军装，扛着一把铡刀①，蹿出战壕，轻轻地喊："同志们！走吧！"七人扛着七把铡刀，轻轻跳过小河了。

经过两天两夜战斗的敌人，有的趴在工事里已睡觉了，有的忙着杀猪，有的忙着剥牛，有的在火里烧鸡子吃，突然听到一阵沙沙沙沙的子弹飞来，急得他们乱窜乱躲，还未摸到枪。想不到刘根生的铡刀队已经冲到面前，咔嚓咔嚓砍断了铁丝网。

敌人的工事里，机枪、手榴弹，如撒麦种一样，一阵一阵地飞过来，刘根生的铡刀队砍去一层又一层，砍到第三道铁丝网的时候，已少了三个人。刘根生舞起铡刀大声喊："同志们！冲呀！"

连长正抱住一挺机枪，咯咯咯咯咯地打，嘴里连连地喊："打打打打！"刘根生、陆广才，一人背着一个负伤的同志，滚下小河，猛一声："报告，任务已完成，三道铁丝网完全砍通。"连长一头跳下去，紧紧抱住他："你是党的……"嗓子再也喊不出声音了，把刘根生抱到战壕里，轻轻地说："你睡吧！"暴风雨般的枪声一阵过去了，又渐渐平静下来。刘根生这个班，又补充了几个战士来。

刘根生蒙蒙眬眬地躺在战壕里，耳朵里只听指导员在讲："连长，天快亮了，炸药三次还未送上去，这怎么办？"刘根生心里一惊，模模糊糊地坐起来："我去，连长！这是最后一次任务了。"插好腰中四个

---

①铡刀：老百姓铡牛草用，一般都在四尺多长，十五斤重。

手榴弹，身子一蹦，跳出战壕。

他顺着摸熟了的一条犁沟，轻轻地爬到敌人工事前，取出手榴弹，跟住烟雾，滚到敌人那塔形碉堡跟前，拔下小锹，轻轻地撬开冻块，挖有小盆大一个黑洞，埋进炸药，一个翻身，滚下二百多米远，摸摸拉线已断了，忘记插进火门。他趴在地下喘了几口气，两手把头一抱又滚回去，三包炸药，插好拉线，手在火门上摸了一下，滚回几步，又回去摸摸，五分钟之后，只听轰轰轰三个塔形的土碉堡全部变成一阵黑烟，飞上天去。小吴圩的敌人，从此跟着火花、冻块，四分五裂地散了。

27号的一天，敌人没有一个伸出头来，只是天上随着东北风刮几阵小毛雨和雪花，别的再也没有什么。28号下午三点钟，突然从东南角上呜呜呜飞来一架白白的小飞机，在新河集头顶上绕了一个圈子，后面又飞来两架，转眼工夫又多了四架三个头的大飞机[1]，到了新河集头顶上，转都未转，肚里的黑球子，如小燕子一样，直往下飞，霎时轰轰轰轰一个一个地炸起来。三只小飞机[2]越发来劲了，到处翻上翻下，咯咯咯咯咯遍地扫着机枪，躲在野田地洞里两天的黄狗，都爬出来翘起尾巴，从四处向新河集扑来了。

战士们端平了刺刀，跪在战壕堰上，翻过身对天上哗哗哗哗打了一阵，转过脸对平地又是咯咯咯咯，遍地已经都打乱了。

通讯员小王，跑得张不开嘴来报："刘班长！上级有命令，我们阻击任务已完成，部队即刻转移阵地，清江、淮城、涟水三路敌人，增援上来了。"说了掉回头就跑。

刘根生把枪一端，眼气得通红，怎么撤退，预先没布置，没计划，就撤了："上半班掩护，下半班撤退到小庄子后面掩护上半班转移。"

①大飞机：轰炸机。
②小飞机：战斗机。

全班即慌忙开始撤退了。

刘根生刚穿过敌人四百多米远的开阔地的火线网，突然见机枪手杨锡中在后面平空摔倒，把身子一转，他把手中双挎带的小四枪一理，一个箭步，蹿到跟前，背起机枪，架起人，扭过小坟。他们刚走了三步，敌人咯咯咯咯一梭子弹飞来，他的腿上，一颗子弹穿过，两人又一起躺下。

从西圩冲过来十三个敌人，端着刺刀，对准了他们喊："缴械！"杨锡中把牙一咬，摸过机枪，哗哗哗哗哗一梭子弹，眼看中间两个敌人掼倒了，身上再一摸，弹袋里已空空，掏不出一粒子弹来，急得他把身子一挺，狠命举起枪尾，迎面向一个敌人砸去，从旁边蹿上一个大个子的敌人，打背后一刺刀戳进杨锡中的胸口，他光荣牺牲了。

刘根生一头摔倒，眼一眯已昏沉沉地睡过去了，再等他睁开眼来，手里的小四枪，已挎在敌人的肩上，他昂起头，拍拍胸口说："好！你就对我这块戳一刀吧！"一个矮矮的蛮子，翻了他一眼，举起手里刺刀，在他头上比画了几下，凶恶地说："好不容易，要玩活的呢！"后面一个大胖子，抬起脚上皮鞋，踩住他的肩背，如狗熊一样哇哇地叫起来："妈里皮，尝尝老子的手法，来。"两个兽军，捺下屁股，气噗噗地提起他被打伤的血淋淋的腿，把他拖向新河集南圩门去。

地下的泥垡头，冻得如刀口一样的快，漫田过沟，高洼不平，比新铺的大马路上的石子还硬。刘根生腿上的血，一点一点滴在麦青上、泥块上，结成冰，映成一路红线，他并不觉得疼，他的头已麻木得晕晕的，抬不起来，但他的眼圆睁着，镇静地怒骂："你们有办法就办好了，总有一天，我们的人，会把你们统统消灭了的。"

这两个凶狼一样的蒋匪军，把他拖到大坟上，咕咚往地下一摔，险恶地说："好！就叫他睡在这块吧，去找把锹来。"

七

薛陆氏与大凤子抬着半水桶面粥,七月子捧着一小篮子油烙饼,刚刚送到公路旁边,突然两只独头机①呜呜呜呜飞到头顶上,一个战士喊:"老奶奶,快蹲下来,飞机来了。"她腿一软,摔到战壕堰上去,七月子喊:"妈妈,又来啦!"大凤子转过身子,一把拍住桶梁,扁担一撂,拉住她:"妈!快走,飞机转过去了。"七月子连饼带篮子扔在地下,哇啦一声:"我妈呀!"顺着战壕沟,直往家跑。

薛陆氏浑身骨头都瘫了,腿抖得撑不起来,大凤子拼命地连拖带拉,在战壕里跳着喊:"妈,又来三只了,大的,不好!下来了。"薛陆氏嘴张得如小碗一样:"我七月子呢?乖乖!"

七月子刚跑到草堆跟前,一只独头机,呜呜呜呜呜呜一头下来,咯咯咯一梭子子弹。七月子平空摔倒,直腿直脚躺在地下,连叫也没有叫一声。

大凤子拉住薛陆氏刚爬上交通沟,浑身肉一惊,抖抖一跳:"妈!妹!妹……"扑上去一把抱住七月子。

薛陆氏抬头一看,只见七月子,两只眼睛睁得有洋钱大,瞳仁子蓝蓝定神,屁股上的血水,拉拉直往下淌,她便向前一冲,横躺在血汪

---

①独头机:战斗机。

里，两眼瞪瞪昏死过去。

空中的炸弹，鱼儿一样苏苏往下沉，飞机上的机枪子弹，冰块一样地呼呼向下扫射，地下的泥块子如飞蝗，四面飞腾，大凤子昏昏睁开了眼，一见妈妈昏死过去了，身子一滚，放下七月子，又抱住妈妈："妈！妈……"

薛陆氏悠悠回过一口气来，左手抱住七月子腰，右手搂住大凤子头："乖乖！我心，我肉，我……"一口气又噎住，身子一仰，倒到大凤子身上去。

大凤子突然往起一坐，勒起鸡蛋大的眼睛，哇啦一声："妈嗳，妈嗳，妈！妈……飞机又来啊！"身子一翻，又抱住七月子。

薛陆氏慢慢抬起了头，两眼盯在七月子脸上看着看着，猛一口咬住七月子嘴巴："乖……乖乖——你丢下妈……"嗓子里又断了声音。

薛陆氏一家娘儿三个，在血坑里滚，血坑里哭，大凤子死过去，她又活过来，七月子的血，染红了大凤子，她的眼泪滴湿了七月子的棉袄，地上的血冰结成一块，她的眼泪流在冰块上。

天上飞机一只一只不见了，地下的枪一声一声隐隐地不响了，太阳看看下去了，妈妈还抱住七月子，大凤子搂住妈妈，娘儿三个哭成一团子。

屋后边一条小沟里，冒上一个戴大帽子的黄狗，肩上扛着一把大铁锹，凶凶冲到薛陆氏跟前，照着脖子一把抓住她的衣领子，恶声古怪地喊叫一声："老婆子，起来，跟老子走！"气狠狠地拖起她。

大凤子一见五尺多高的穿黄军装的蛮兵，拖起她的妈，浑身肉一跳，眼一黑，往地下一爬，两手抱住妈的腿："妈……"大高个子的蒋匪军，如凶神一样，陷在后脑塘里的两只黄眼睛，往起一勒，飞起一腿，踢在大凤子胸口："妈里皮，滚！"踢倒大凤子，拖着薛陆氏就奔。

她的蓝棉袄五个扣子被拖断了，露出红红的膀子来，螺蛳壳的元宝髻，被拖散了，如鸡窝一样的乱发，堆在脸上，鞋子掉了，两条裹脚布拖出四尺多长。她的嘴张得有小碗大，喘不过气来，两只手在空中乱抓，生姜拐的脚趾头在地下蹬，拼死捺命想挣脱，嘴里喃喃地喊："你……你杀死我吧！"

这个狗熊一样的蒋匪军，拖住她的左膀子，头也不掉，漫田踏荒，奔到一座坟茔跟前，肩上的铁锹，狠狠朝地下一插，勒起两只狗眼，举起手，指着刘根生说："把他埋下去。"

她被这个蒋匪军，拖得磕磕撞撞，来到大坟前，抬头一看，见地上躺着一个受伤的人民解放军，格抖抖地打了一个寒战，两眼一花，天在转、地在摇，脑子打横，心里悬悬直抖，两腿一软，扑通往地下一坐："亲……天哪……"

那狗熊样的大个子兵，抓住她的乱糟糟的头发，往起一拎："妈里皮，还装死呢？坐起来！"

她两只手抱住头，向前爬了半步，仔细一看，这个战士，就是那个小班长刘根生，还帮助她们家挑过水、扫过地，哇啦一声："你……"猛一头爬到他两条血腿上去。

站在她旁边的一个矮胖子的黄狗，竖起手里美国式的步枪，对住她的后脊梁骨，啪哒啪哒捣三下子，恶狠狠地骂："妈里皮，起来，起来！你还可怜他？叫你一路去！到阎王老爷跟前去成亲吧！"咕突咕突，又在她屁股上踩了几脚。

刘根生抬起头来，手在地下拍拍，激恨地说："她比你的妈妈年纪还大，你不要打她，你来杀我吧！"矮胖子黄狗掉回头，抬起腿又踩刘根生一脚："妈的，你死到头上了还多嘴！"

高个子的黄狗，举起大铁锹，砰的一锹，打在她大腿上："起来，起来，打死你这老货！"

刘根生向前凑了凑说："老妈妈，我不怨你，你挖吧！你……"她身子一撑："你……"又倒下去。

两条黄狗，架起她两只膀子，把锹塞在她手里："挖，挖！不挖打死你！"

她低头看看刘根生，掉头望望两个穿黄军装的狗熊兵，两手如摇铃，活活抖抖撑起了腿，拿起大铁锹，朝地下慢慢插下去，狠命端起半锹土，呆呆滞滞，她的眼泪，拉拉滴在锹柄上，手一软，锹上的泥，原封未动又放到原挖的塘里去，蒋匪军的皮带喀里喀嚓，又在她肩背上响起来。

薛陆氏不吃斋,可是她信佛,尤其她相信,南海真有个救苦救难的观世音,会来救她。正因为她迷信菩萨,她手里挖一锹土,嘴里在念一声:"阿弥陀佛,这……"锹上的泥土活活沙沙又掉光,红红的眼睛,眨巴眨巴朝刘根生看了两眼,锹头抖抖又插到土里去,铲了半天,挑起一块鸡蛋大的土,掉回头向两个黄狗狠狠看了一眼,把牙咬住,满脸的汗珠子直滚。

她手里的锹是刚开口的新锹,打磨得锋快,酒杯粗的树,喀嚓一下就能铲成两断,可是这会儿子拿在薛陆氏手里,就陡然变得比八十斤铁锤还重,光在地上一杵一杵,举不起来。她满脸汗珠子和眼泪淌湿了衣襟,挖的坑还不到四尺长,站下去脚面也盖不住。两条黄狗急得跳起来,把枪往坟上一扔,狠狠夺过锹,给她一掌,推出两步多远,牙一咬:"妈里皮,揍死你!恨起来就叫你这老货与他一路去。"说罢狠狠在塘里挖了一阵,把泥坑挖好一条口子,竖起锹在刘根生头上敲敲说:"伙计!来吧。"

刘根生看看薛陆氏在背后发抖,看看两条黄狗如判官一样,竖起锹恶狠狠地看他,把身子一挺,爬进坑子,昂起头笑笑:"你埋吧!会有千万人民为我报仇的!"两只膀子一伏,头一挺,闭起了眼睛。

她站在旁边,头一摇,两手往开一分,脚一晃,刚想冲上去抱住坑里的人,一个黄狗,走到她背后,就是一拳,打得她向后一闪。那家伙指着刘根生向她骂:"妈里皮,你都与匪一鼻孔喘气,把他窖起来。"

她没牙的嘴撇了几撇,眼眶沙沙滴几点眼泪,呆呆举起铁锹,慢慢拨着泥,一块一块向刘根生身上堆。

她在挑着泥,心里在念:"观音大士,你在天上撂下一个炸弹,炸死这两个比日本鬼还坏的黄恶鬼,救活解放军的命,我在三官殿门口唱三台大戏，我吃一辈子长斋……"

小矮个子的黄狗，把两只陷在脑壳里的眼睛，朝她翻翻，伸手夺过锹去："妈里皮，要你来种花的吗？滚开。"挥开膀子，凶凶堆上泥，双脚站在刘根生身上踩踩，狠狠地将手一指："老婆子，这个死尸就包给你看，如若丢掉了，拿你一家来杀头！你得小心，好好替我看好。"那个高个子黄狗，把小矮个子肩膀一拉："走吧，他还能飞上天吗？埋不死，一夜过来，冻也冻死他，管他呢！"两个黄狗，挟起枪来，把头缩缩，直往新河集圩子里跑去。

她一见两个狗家伙"中央"军把黄大衣朝头上一蒙，迎着风直往新河集跑，她慌慌往下一蹲，拼命一扒，扒开刘根生头上堆的两块大泥块子，扔下了铁锹，磕磕撞撞奔回家了。

八

大凤子被大个子兵那一脚踢得昏昏跌倒，半碗粥时间又回过一口气来，扭头四面看看，七月子还在抽气，妈不知到哪里去了，两手往地上一扑，哭着滚着喊了半天，撑起腿来，从血坑里抱起快死的妹妹，慢慢背到屋里。从锅房口抱过一捆稻草，打好草铺，拖出床上的芦席，舍开边子，轻轻将七月子放上冷铺。又从柜橱里拿出一只白瓷酒盅子，装满一盅花生油，捻进两根棉捻灯芯，点着了灯，放在七月子脚跟，装一碗大麦饭，插进一双红筷，放在七月子头前，自己趴在旁边哀哀哭丧。

薛陆氏冲冲跑到草堆跟，看看地上的鲜血已经冻成硬块子，战壕沟上的大凤子也不见了。她掉回头又奔到屋里，一进门，见大凤子已替七月子做好倒头饭，引路灯，身子往前一磕，跪在地下，左手抚住七月子嘴，右手摸在七月子胸口，两眼定住神，摇着头，嘴动了半天："乖……你……"哭着伏到铺上去。

她扑在七月子身上，哭了一会儿，在七月子脸上轻轻吻了几吻，呆呆地坐起，缩回右手，掉回头，对着大凤子："乖乖，七月子还未死，心口温温的，一吸一吸地跳动，你把被子抱来把她盖起来……"大凤子猛一抬头："妈，你……"一把抱住她。

她轻轻撕开七月子身上的血冰，拉起血染的红棉袄，看看七月子肚脐子右边,拖出红红的四寸多长的肠子,肠子已经破了,哧哧冒着血泡,她一把拉出自己的棉袄小衣襟,撕下一块棉花,轻轻在上揉揉,慢慢把拖出的肠子揉进肚里。又从大凤子身上脱下一件灰条褂子,往上一按,用布袋紧紧扎上,看看屁股下面,被炸掉一块,血淋淋翻出小碗口大一块红肉,扎也不好扎,包也不好包。她愣了半天,叹了一口气:"唉! 救不过来了……"大凤子抱住七月子的头,哭得更凶了。

薛陆氏呆呆坐在地下,眼盯着七月子伤口,沙沙沙滴着泪:"我一家都死在……"哭着,两手捺着七月子伤口,向大凤子说:"还是把她包起来。"又大哭起来。

她的头在地下直碰、直撞,几下就直挺挺地昏死过去。大凤子又抱起了她。她睁开没神的眼,看看大凤子:"乖……你是女的,你不能拿枪替薛家报仇,妈妈死后阴魂也不散,做鬼也不闭眼睛,妈妈要……"一头又对桌腿上碰去。

大凤子紧紧抱住她:"妈,留下人是本钱,解放军还会替我们报仇……"她被大凤子这一句话提醒,想到自己还亲手埋去一个解放军的伤员,越想越觉得良心有亏,一鼓劲站起来,伸伸腰,拢拢头上的乱发,两手一甩,拼命推开大凤子手,冲出门外。

大凤子跟后追到门口,一把抱住她:"妈! 沈二爹爹,步权大哥,他们都抬着受伤同志走了,圩里圩外没一个男子,街上都是黄狗子,你往哪块跑? 你……"拼命抱住,死也不放。

她掉回了头:"乖乖,你松手,妈妈想起了,黄狗子兵会吃小猪,你让妈把它都撵到野田去躲躲,不要被吃了。"大凤子紧紧不放:"妈!妹妹成这样,你还想小猪吗?"她冷冷推开大凤子手:"乖乖,她死了,妈妈还要过日子……"大凤子一听这话,不由有点心凉,放开手,将她向外一推,掉转身说:"猪是你命,咱都死了你跟猪去过。"说着气呼呼回到七月子铺边。

她刚走到东山头上，圩里的蒋匪军砰砰砰打过几枪，她的心不由一跳，暗暗自问："又来了吗？"冷冷地愣住。

她贴在墙根，呆呆想："没得新四军，新河集也没得我姓薛的，死了是我丧了德，忘恩负义；能救活了是积德，也好表白自己的心，我薛陆氏死也不忘共产党……"她轻轻走到墙拐，手摸着墙角，慢慢伸出头望望，圩上已没动静了。她扭过身子，走到猪圈门口，伸手拨开木栅门，故意放出两只三十几斤重的小猪，两手抱住粪勺，在茶园里挖了几下土，把小猪向麦田里撵。

这两只小猪是从未放出圈门的，乍一出圈门，如笼子里放出麻雀一样，一头向西，一头向东，家屋前后撵得团团地转了三趟，可是小猪死也不离开家。她急了，甩起一粪勺，砸跛了一只猪后腿，小猪哇哇地叫，跑得更凶，她在后面气喘喘地骂："入亲妈妈，你想死了，黄狗马上来都把你吃掉……"大凤子在家听她在屋后骂到门前，撵来撵去，又气又急，揩揩眼泪帮她撵走了小猪。

她磕磕撞撞，拖住粪勺，漫田踏荒：呵！呵呵呵呵……撵着小猪。远远望见大坟根的一堆土里，露出黑黑的人头，她的心欢喜得飞了，走到大坟的北边，绕到泥堆的背后，趴在地上爬了几步，轻轻地问："同志，怎样啦？伤不碍事吧？"

"为人民流血，为人民牺牲是光荣的！"这是刘根生入党那一天的宣誓。他不但在战场上表现了英勇顽强，直至被打伤到活埋，他仍没有忘记他的誓言。当敌人逼着薛陆氏挖坑的时候，他掉回头："妈妈，你回去告诉新河集的父老们……"身子一挺，爬进坑里去，两手一伏，头枕到上面，眼睛紧紧一闭，嘴底上还可以喘气，最后被薛陆氏临走一把又扒去嘴跟前三块碗大的泥堡头，头上更轻松了半边天，脸都露出来，已经不觉得自己还被埋在坑里，两只手在头两边慢慢地掏，一把一把掏清头上、肩背所有的泥堡头，圆睁着双目对着新河集怒视，正碰上薛陆氏去问他。他伸手拉住薛陆氏右颊上一撮灰黑色的头发："妈妈，把我腿上的土扒一扒！小腿腓骨怕伤了，大腿伤的是软处，死是不会死的，就怕在这里饿死了。我早就想开水喝……"她看看刘根生嘴唇乌乌的，身上灰色的棉军衣冻成硬邦邦的，手比冰块还凉，拼命在刘根生身上扒了几扒，爬起身来就走了。

她冲冲奔到家，把瓦罐里的半碗糯米，倒在木瓢里淘淘，倒在锅里，添上一瓢水，打起火石，坐在锅房呼呼地烧起来。大风子睡在七月子旁边，气呼呼地翘起头："妈妈，妹一口气上不来就要死了，你当真狠心吗？"她把手里的火叉在锅塘里翻翻："乖乖，妈妈烧碗粥拿到田里去看猪，不要跑回来被黄狗捉到圩里去吃了。"大风子双脚在地上直顿："唉！那两个小猪是你命吗？"身子一倒，又抱住七月子头，咽咽地哭起来。

她失失慌慌，烧好了米汤，洗好乌罐装起，扣起绳子，把小碗往口上一卡，左手缩进怀里，把蓝布大棉袄理理，提了起来，到门外两面张望了一下。顺着家西大圩，转到刘根生大坟上，放下瓦罐："同志！米汤你喝吧！"

刘根生正昏昏迷迷，眯起眼睛，"米汤"——猛下惊醒，一把抓住她的手："妈妈，你……"她手在刘根生头上摸摸："同志！你吃吧，我家都与你家是一样……"

刘根生喝着米汤，她在刘根生背上拂着一块一块的泥堡，亲亲地问："同志，你家在哪块哪？等黄狗今晚走了好想法子，叫人把你送回去。"

刘根生摇摇头："妈妈，我是安徽凤阳人，离这里有两千多里路。

三岁父亲死了,七岁妈妈又死了,田地房屋都被远房一个地主的叔叔占去,叫我替他家放牛,也不知挨了多少打。我十三岁就跑出干新四军了,今年十八岁,我参加革命五年……妈妈!"她看他与她的七月子差不多大,也是那样的团团圆圆的脸,眼红红,滴下几点泪珠,长长叹口气:"唉! 苦根对苦根……"说罢拾起瓦罐回去了。

她坐在门槛上,两手托住下巴骨子,倚在墙根,眼睛滴溜溜地往东南大坟上望,心里默默在念:"圩里的黄狗今天夜里能死干净了,明天我就把他弄我家里养活了再送到部队里去……"想罢站起身来又向门外跑。

她贴在墙角上望了半天,圩上的黄狗——还在圩上走来走去,明晃晃的刺刀一亮一亮的。她叹了一口气,扭转头来,仍坐在门槛上,曲着指头算账:"前孙庄、后孙庄、东刘庄、西罗庄、小冯庄、小马庄、贾老庄,四面插不下脚去,都住了黄狗,插翅也飞不掉,这——到怎好呢?……"她倚在门旁淌眼泪。

天! 陡陡地黑下来,尖溜溜的东北风,刮下一片一片的雪花子,在她眼前飘来飘去。她骨碌站起来:"呀! 这是雪啦!"她脸色都变得发白了。

她跑到门外,迎着风头,雪花越刮越大,满天看看盖下来,她慌了,脑子里一闪念:"我告诉大凤子吧,把他抬到家里来!"她掉回身子,匆匆跑进屋子,一把拉住大凤子,"乖乖! 你快与妈妈去……"突然心里一跳:"抬到家里放到哪块? 黄狗一来不是白白地送死吗? ……要是告诉大凤子说我埋过解放军,她日后讲出去,骂就被人骂死了,我哪块还有脸去见人呢?……"她把话又缩回去。丢下手,轻轻坐到七月子旁边去。

大凤子还以为因七月子无端遭灾，使妈妈神经失常，以同情的目光，看看她，长长叹口气："妈妈，你越过越糊涂了！沈二爹爹他们都跟民兵走了，圩外就落我娘儿三个在家，妹妹是等死的人，圩里的黄狗不走，早晚孙在涛一回来，我们还不知是死是活，你舍不得那两个小猪，有什么用呢？命都不保了……"她妈站起来："乖乖，你不知……"

她走到门口，见外面的雪越下越大，田里的麦青子看看被窨下去，她的心跳得越凶，在门旁拿起粪勺："乖乖！雪下大了。连圩上的黄狗都望不见，小猪还未跑回来，那就是妈妈的命，我去找找！"出门就往大坟根跑。

刘根生喝了两碗米汤，心里好像清舒了一大半，从泥坑里，抬起头，睁圆眼睛，对着新河集圩堆上敌人的黄影子发狠说："入妈妈，你不要那么神气，我刘根生如有一根枪，非揍倒你几个不可。"一转眼又远远望到送米汤给他的老妈妈，磕磕撞撞，奔进圩外一座草房子里去。他心里不由感激起来，对着她的背影自语："这老妈妈，比我亲妈妈还好，我能好了，我定要认她做我妈妈，她是好人啦！不，我们解放区里，有成千上万的这样的老妈妈，她把解放军的战士，都当她们自己的儿女……"

他的手在腿上摸摸，翻过身子看看伤口，把绑腿带在伤口上缠紧，两只腿伸伸曲曲，心里笑着说："我的腿脊骨没有伤，腓骨就断了也没关系，能进医院一个月，还是一样地拿枪，你看我的吧！……"

天上陡陡地飘下雪花，沙沙落到他脸上，钻进他的怀里，他对着天，长长叹了一口气："唉！天不从人愿，我是断腿折翅的鸟，睡在泥坑里，飞不掉，爬不掉，下一夜的雪……不死在敌人的枪下，还要死在雪坑里……"想罢悠悠地闭起两只眼睛。

　　鹅毛雪片，如棉被子一样地盖下来，他，黑黑的头发，变成白毛，身上灰色的棉袄，印上了白花，尖溜溜的风，钻进泥土，刺进骨头，冻得他心里嘟嘟发抖，肚里的浊气咕噜咕噜地往上翻，嘴里的白沫，一口一口地往外吐，腿上的伤，流出的血，与棉裤、泥，冻成一块。他双手抓着地，支了几支，再也支不起来，他想爬走，人好像冻钉在地上了，事实他浑身冻麻木了，再也爬不动。他仰面朝天，长叹一声："唉！送米汤的老妈……"

　　天上的雪花漫天盖岭地下着，坑里的雪渐渐堆起来。他摇摇头："唔……得过团的战斗英雄的奖章，从成千带万的子弹、炮弹里穿出的，还怕雪吗？还怕死吗？天！你下吧，你来劲下吧！"头一低，又埋到雪坑里去了。

　　薛陆氏一跑出门，见满天的雪花，盖住大地，遮住人的眼睛，挡住新河集圩里的黄狗，她放开胆子，直着腰，顺着麦田一条直线，一口气奔到她埋人的大坟上。一看雪坑里的同志，头变成白白的，她心往下一忒，朝下一趴，两手抱住刘根生的头，滴滴的眼泪，落在刘根生盖着雪的脸上，没牙的嘴，温暖了刘根生的嘴唇："同志！你……你怎么啦？！"

　　刘根生昏昏睁开眼睛，定神看了半天，突然从雪坑里伸出一双冰块的手来，抱住她的膀子，张开冻硬的嘴："妈妈！你记住，我是黄海大队，二连突击班长刘根生。以后有解放军到新河集，你就说我在大坟上很好，没有在敌人面前做孬种！妈妈，你记得住吗？"

　　她的眼泪，流得更多，滴得更凶，把刘根生的头抱得更紧："同——志，你——你心不发凉吗？你……"

　　刘根生把手向四面指指："妈妈，你看！四面庄上的火光，都是敌人放的，如圩墙一样，有什么办法？你的心我都晓得，你回去吧！"

"同——同志，我要……"她低低地哭着，已说不出话来。刘根生搂搂她的头："妈妈，我是人民的军队，今天我是更看到人民的心了，你放下我吧，雪下大了。"

她还是紧紧地抱住："同志！同志……"刘根生埋下头去，再也不开口。

她抱住刘根生喊了十几声，不见他开口，轻轻放下手，活抖抖地站起来，呆呆向着坑里看了半天，长长叹口气："唉！菩萨啊，菩萨！你枉受人间香火，怎没眼睛，多少好人不救……"她慢慢移动了脚，向大坟西边走去。

她刚走开四五步，突然转回，脱下身上的蓝布棉袄，向刘根生身上一扑，牙咬咬："同志！这衣服你盖住，我回家去喊我闺女来。

我娘儿俩也没过头了，救不活你，就与你一路去吧！"说着把棉袄紧紧盖在刘根生的头上。

刘根生一把拉住她的左膀子："妈妈！冰雪在地的数九冬天，你脱下棉袄，你就冻死了，也救不活我，你拿回去吧！"

她推开刘根生的手："同志，我这样大的年纪，死也死得着了，你日后有用，你让我走吧……"刘根生反过手又抱住她的膀子："妈妈，我不能害你……"

她站起来，把棉袄上的雪抖抖，下巴骨子咯咯咯咯响了几下："同志……我死得着了。只要能救活你，上刀山我也不怕了。"推开刘根生的手，匆匆地走了。

九

屋子东山头,被炮弹炸塌了一角,墙缝里细细的雪花,顺着溜溜的东北风,沙沙打到七月子的脸上,大凤子抱两个芦秸捆子,一根一根往墙缝里塞,嘴里叽哩咕噜地数念着:"活死人,命都不顾了还去找小猪!"

她塞好墙缝,掉回头看看七月子躺在地上手抓脚蹬,狠命滚了半个滚,就跑到锅上舀了半碗米汤,用匙勺挑了几下,给她倒进嘴里又流出来,已经不晓得往肚里咽了。她丢下碗又抱住七月子呜呜哭起来。

薛陆氏只穿一件单褂子,跑到家浑身被雪下得已经湿透了,水直往下淋,一头跑进屋子,冲到铺边,一把拉过大凤子:"乖乖,妈妈告诉你……"话到舌尖又咽下去。

大凤子陡然一惊,浑身汗毛都直站起来:"妈!你——你怎这……"反过身抱住她。

她一把捂住大凤子嘴:"小些,声音小些。"

大凤子以为妈妈真的疯了。将她捺到凳子上,说:"妈!你坐下,好好坐下,心里定一定……"

"不!你告诉妈妈,妈妈对你讲,你是不是再与别人讲?"她从凳子上站起来,两眼直盯着大凤子,要大凤子当面回答她。

"我不痴不呆,和谁去讲呢?"大凤子又将她拉坐下。她紧紧抓

住大凤子的手,神秘地说:"你对妈妈说,妈妈和你讲的话,临死也不能向外人讲。"

大凤子向她保证说:"我不讲,我死也不讲。"

她眼睛红红,流下泪来,说:"乖乖,妈妈对不起共产党,对不起庄上父老,也对不起你……"

大凤子拦阻住她:"妈妈,你瞎讲些啥啊?"

"不,是妈妈鬼迷了心窍,做下见不得人的事。"说着说着又哭起来。

"妈妈!"大凤子惊恐地叫了一声。

她拭拭眼泪:"你听妈妈说,今天中晌,那个黄狗把我拖去,讹住我挖坑,活生生地埋下一个同志。妈妈没有敢对你讲,怕你嘴敞,以后被外人知道了,人家骂我没……"

大凤子一听她亲手挖坑,活埋了一个战士,骨碌站起来:"妈!死在哪块啦!"霎时脸色变得像锅脐底一样的黑,惊呆地看着她。

她摇摇头:"人还没有死,埋在杨大坟上,天下雪,再不去救,马上就要死了。现在说话已经欠神,脸冻得发紫,嘴唇发乌,手脚发软,发凉,快……"

大凤子抢上一句:"快!弄柳筐去把他抬回来用火烤烤。"说着,一转身就去找柳筐子。

她随后一把拉住大凤子棉袄角:"乖乖,不能!你把他抬回来,我家拢统这三间房子,你把他藏哪块啊?!明天早上圩里的那些杀千刀的黄狗一来,不又害了他吗?"

大凤子呆呆站住,痴痴地翻着眼睛:"把他抬到贾老庄去,找到民兵就行了。"她摇摇头:"不——不行,今天在城里开下来的黄狗,跟大群蝗虫过来一样,陀螺各庄住满了。你看哪庄不是都有火烧起来吗?现在还有民兵吗?几十里路宽长都插不下脚去,都是黄狗啦!"

大凤子想了想，在锅房口拿起一只柳筐："先把他抬回来，在床肚下挖一个地窖子，把他藏进去，风暴头一让过去，就能把他送走了。"

薛陆氏朝锅灶台口一倚，痴痴地呆了半天说："日里那两个黄狗，临走向我说过，这个人没有了还要找我，明天再去一看，不出乱子吗？一定要到我家来翻。'人有三尺长，天下没落藏'，那就行了吗？"

大凤子听了，又呆着眼睛愣住了。

薛陆氏走到门口，望望外面下的雪，转过身向大凤子说："我救不了同志，也无脸再见庄上的父老……"说着又凄凄地哭起来。

大凤子唉声叹气地走到门外，只见那铜钱大的雪片子，直往她怀里灌，一阵一阵凉到心，冷到肚，看看场上的草堆、猪圈，都被雪盖住了，地下已经堆有几寸深。她掉回头，跑进屋子："妈，雪越下越大，你……"

她放下七月子，抖抖坐起来，两眼定住神，头直摇："我……"

大凤子从她旁边抱住七月子，皱起眉毛，只见七月子两只眼睛，紧紧地闭起来，黄龙牌的脸，皮肉贴着骨头，用针刺不出血来，嘴唇紫里透白，干的血锅巴翘得一层一层地起楼子，鼻子歪到一边去，还一动一动地抽气，两只冰凉的手，比棉花还软。她呆呆地掉了头："妈，妹妹快要断气，你……你起来……"

薛陆氏抬起头，望望地上的七月子，看看面前的大凤子，向着门外的雪花叹气："唉！她反正是个死，死了省得活受，可是雪地下那个人不救……日后怎好……"她又躺到铺上去。

大凤子摸摸七月子嘴、鼻子，悠悠地出着一点凉气，越喘越小，她伸手在七月子心口摸来摸去，心窝上吸攻吸攻地跳，可也是越跳越没劲，眼看渐渐要停止不动了。她跑到门外，只见地下的雪堆，越来越深，天上的雪花，越下越大，心如木材火一样地烧，两只眼睛急得如小

灯笼一样地发光，回到屋里，果断地说："妈！你真心报恩，你就舍刀割肉……"

薛陆氏站起抱住大凤子："乖！你——你说什……"

大凤子掉回了头，呆呆地看着躺在面前地上的妹妹："妈！你要报仇、报恩，你就拿你的闺女去……"咽咽地说不出来了，扑到薛陆氏的怀里。

薛陆氏的两只眼睛盯在大凤子嘴上，见大凤子一句话没有说完，就伏到自己怀里接不上气来，急得她满脸血紫，双脚直跺："唉，你——你你你快说呀！"把大凤子头狠命往旁边一推。

大凤子揩揩眼泪，看看她脸上的气色，低下头："拿七月子去换！"刚说出这句话，就往地下一扑，抱住七月子。

薛陆氏两只手活活沙沙放下七月子，两只眼睛呆呆看住大凤子，牙咯吱吱地响，嘴张不开来，慢慢从地下站起来，向门口走了两步，转过身一把抱住大凤子："乖！你——你晓得，妈妈是怎样养你们的，她是妈妈身上一块肉……"呜呜地哭起来。

大凤子两手抱住她，头伏在她肩上，暗暗地哭泣着："妈！新河集没得解放军来，十五年没得我一家姓薛的，我们还能坐在家等孙在涛回来与爸爸一样地死吗？妹妹已要断气了，爸爸腰深的仇，我娘儿俩天高的恩，都能从她身上报，妈！你看到七月子的伤吗？"

薛陆氏两只眼睛，盯在大凤子嘴上呆呆地看看，把七月子的手，拿在嘴里咬咬："乖，你在妈妈肚里七个月爸爸就死了，我心，我肉，我二子，我心肝，你是爸爸的冤仇根……"

她撑起腿来，在七月子铺旁走了一转子，心里一阵翻上十六年前的苦水："生七月子，在十一月初三，天上下雪，滴水成冰，睡在人家车屋里，没得胡椒糖，弄一碗锅烟灰熬茶喝，千山万水一把尿一把屎，一

十五寸养到这么大……"她心里越想越舍不得。

她走到门口，眼一花，仿佛看见她的丈夫薛长高，鲜血淋淋地站在面前，腿被杠子踩断了，膀子被吊折了，头在墙上撞开碗大一个洞，血拉拉直淌，眼睛急睁，牙呲出嘴唇，她心一慌，平空一头摔倒，大风子一把抱住："妈！你……"

她掉回头在大风子脸上看看，心里一横，仿佛看见孙在涛手里拿着一根盒枪，直对她的头上，逼着她走，她吓得两手在半空乱抓乱抓的，嘴里拼命地喊："你打死我吧！我一家都死在你手里，你……"大风子控住她的手："妈！你……是我……"她猛下睁开眼来，紧紧抱住大风子："乖！……"

她的思想一阵翻上来，十几年前的事情，一件一件都在她的眼里，绕来绕去。她把大风子手往旁边一推，走到门口，看看外边的雪花跟鸡蛋一样，滔滔往怀里灌，心里比火烧还厉害。她想："七月子不得好了，换回解放军，把孙在涛盒枪夺过来，报了仇，我……"她掉回头："大风子，乖乖，你快把柳筐扣好，妈妈……"

大风子定神在她脸上看了一会儿："妈，你真……"

她看看大风子，咬咬牙，自己走过去，拿来柳筐，把七月子身上的棉被胎一揭："来！把妹妹抱到柳筐里。"

大风子抱起七月子，放进筐里，穿好一根桑树扁担，手一软，扑通往地上一坐，哇啦一声又大哭起来。

薛陆氏这时一声不哭了，一滴眼泪也没有掉，她拉起大风子："乖乖！你未看见，你爸爸死得苦！你记不得妈妈受的罪，你来抬吧……"

她娘儿俩，揩干了眼泪，抬着七月子，冒着大雪，一脚高，一脚低，在路上摔了好几跤，总算抬到大坟眼前。娘儿俩丢下柳筐，薛陆氏揭开雪堆里的棉袄，伸手一摸，扑通坐在雪里说："他……他没有

气了。"

大凤子伸手在刘根生鼻上一摸："妈，快来，鼻眼还有气，心口暖温温的，换……"

她听大凤子说还有气，忙抱起快死的七月子，失失慌慌解开七月子的纽扣，脱下一件花格子棉袄，红条子小褂，见七月子浑身的皮贴着骨头，全身的血差不多流干了，又有些心疼，便一把搂在怀里，嘴对住光光的胸口："乖！妈要……"

大凤子从刘根生身上，脱下灰布棉衣，往七月子身上一套，又将七月子的衣服，穿在刘根生身上，抱出坑来，最后在薛陆氏怀里拉过七月子："好了，抬进……"

母女二人，将七月子抬进坑，刚刚放好，忽见七月子，嘴里突然：

"噗……"喷出一口冷气，冲上天。薛陆氏双膝跌跪在七月子头前，手轻轻将七月子额角上的头发梳顺，把七月子身上的衣服理服帖，轻轻地对七月子说："七月子！你活着是薛家的一条根，死了是薛家的鬼，你替换下一个解放军，替你死鬼爸爸报仇，替妈妈报恩，替薛家申冤，你是没有白往世上走了一趟，你闭起眼睛，好好地睡吧！……"

七月子的眼，好像眯眯看了妈妈与姐姐一下，头悠悠地躺到雪坑里去，紧紧闭起双目，大凤子给她把头放平，两手垂下，一切如生地躺在坑里……

突然圩子里砰砰两枪，子弹呜……在头顶上飞过去，她拿起大锹说："大凤子！你快把七月子的头发，弄到帽子里去，埋上土！"母女俩飞快地埋了七月子，把刘根生装进柳筐抬回去。

十

黄海大队,在新河集与蒋匪军血战了三天四夜,胜利地完成了阻击任务,在28号的中饭后奉命转移了。蒋匪军74师57旅一个团,进了新河集的圩子。街里街外的人,个个都是小米煮饭糊汤了,连烟火也不冒。

一夜鹅毛雪片,平地堆有二尺深,下得沟、河一样平,茫茫无际,一片雪海,满眼看不到一个人影子,只有门前树头上几只喜鹊,头缩在翅膀根,半天一声:"喳!"

西庄沈长友老爹爹,手里拄根磨撑子,戳戳捣捣,摸到薛陆氏家来,咳咳喘喘,边走进门边叹息着:"唉,黄狼拣病鸭咬,就这么凑巧的,可可打伤这条苦根……咳咳咳……哼!我昨晚一听说七月子被打伤,心就碎了,摸出门两次,又不敢来,圩里圩外,门前屋后,都是黄狗,枪子呜呜……嗯,见人就打枪啦!……"

薛陆氏正在给刘根生灌米汤,忽然见沈长友咳咳喘喘地走进门,好似得了救星,心里一喜,把碗塞给大凤子,连滚带爬迎上来:"沈二爹,你……"把沈长友拉到床前,嘴套在他耳朵上,轻轻将她母女用七月子替换刘根生一事,从头至尾,原原本本,告诉了沈长友。沈长友一听,不禁大惊:"啊?!"猛一把,紧紧抓住她的手:"你……"

薛陆氏一双眼睛,滚下点点热泪:"我是舍女救亲人……"

沈长友把手一扬："你做得对了。"

大凤子走过来说："二爹，你快来，他伤不轻啊！"

沈长友走过去，揭开被头，仔细一看，见刘根生是穿着女孩子衣服，忙说道："这怎行，人家一看他的头，就知他是个男孩子，穿着女孩子衣服，这不是明明露了马脚吗？"

薛陆氏也恍然大悟，慌张起来："天啦，我家哪来的男孩子衣服。"

沈长友看着昏迷不醒的刘根生，沉思了好久，向大凤子说："多用些布，把他头缠起来，不要给人看出漏洞，我回家去，把小团子衣服拿来给他穿上，再去找步权和大顺子，大家赶快想办法，把他送走。"

薛陆氏怀疑地看着沈长友说："庄上人，哪个不知七月子是个女孩子，穿上男的衣服，这事……"

沈长友摆摆手说："只要能把黄狗和还乡团眼蒙住就是了。在圩子外边这几十家人中，都是和我们一样的翻身户，谁的心还不是向着共产党呢！"

薛陆氏愣了好久，怀疑地说："孙在涛回来啦！他是我薛家对头星，能……"

沈长友说："你逃在外边十几年，孙在涛知你在外边生的是男是女。再说吧，我们还能把他摆在你家多少日子吗，很快就把他送走了。"

大凤子见沈长友说的很有道理，在旁插嘴说："我们刚回来有几个月，圩子里谁认识七月子？！要有人问，就说七月子本来就是男的，解放军头上也没有字，不要怕这些。"

薛陆氏沉思了好久，掉过头看看刘根生，说："同志伤……"

大凤子把母亲一拉："你还叫他同志，叫他七月子。"

薛陆氏忙改口说："七月子伤不轻，抬回来就不知人事，能把他救活，我母女俩，也算是对共产党报了一点恩德……"

　　沈长友没有待薛陆氏说下去,伸手将假七月子身上的被子揭开,轻轻地解开假七月子的衣服,仔细一看伤痕,放下心说:"没关系,是冻坏了。"薛陆氏也轻松地叹口气说:"好几处打伤啦!"沈长友又仔细将刘根生的伤检查了一番,说:"这头上只擦去一块皮,没大关系。左大腿上打对过通,看样子也没伤骨头。这右腿吗,小腿骨头伤没伤,还不敢说,待步权来便知,他是懂得的。"大凤子说:"用水帮他将身上血洗洗……"沈长友忙摆手说:"嗯!这是枪伤,不能乱动,待我去找步权来!步权前年春在下关被二皇①也打在腿上,他晓得门道……"说着摸起磨撑子,慌慌张张奔出门去。

　　薛陆氏见沈长友去找步权,心放下一大半了,就叫大凤子:"乖乖,你劈两块木柴,弄盆火,放到床面前来,冰雪在地,屋子里冷,睡得不舒服。"

　　大凤子伏在床边,用手指抠抠假七月子唇边上的血锅巴,突然见假七月子眼皮颤动了一下,微微睁开眼来,她惊叫起来:"妈!你看!"

　　薛陆氏一看假七月子睁开眼睛,扑上便抱住假七月子:"同……"一声还没喊出口,假七月子又闭上了眼睛。

　　母女二人,正抱着假七月子在发呆,沈长友和周步权夹着一套衣服,走进门来,问:"苏醒过来啦?"大凤子忙拉过沈长友说:"二爹,眼睛刚刚睁开好大一会儿。"沈长友也高兴地问:"说话没有?"大凤子说:"没说话,心里有数了。"周步权站在一边。看了好大会儿,假七月子的眼皮动也没有动,向薛陆氏说:"把他放正了,让我来看看。"

　　周步权把假七月子的伤,挨排一看,咧开嘴眯眯笑起来说:"没事,大骨头没有伤。"薛陆氏一听说没有伤大骨头,把两手往起一合,朝天

────────────

①二皇:汉奸部队。

三拜："天日之光！"沈长友还是不放心，伸手在假七月子伤旁捺捺，又捏捏自己的大腿："你看清楚呀！正对中间啦？！"周步权摇摇头说："骨头一断，里边就有碎的啦！半点摸不到，不碍事。"大凤子走过来，也在假七月子伤口旁摸摸，向步权说："步权哥，你再捏捏看，这里边好像有块硬的东西。"步权又捏捏说："这不是骨头，是伤口肿起来了。"薛陆氏这时心完全放下来了，把假七月子头往怀里一搂，喃喃地又念起菩萨来："阿弥陀佛，是祖上阴功积德。"

周步权检查了假七月子伤口之后，叫大凤子舀了两瓢水，放在锅里烧，又向薛陆氏说："大妈！找一块布丢在锅里煮，最好是软布，越软越好。"

薛陆氏放下假七月子，拿过针线匣子，找了好大会儿，也没找到一块软布，最后跑进房里，打开箱子，拿出大凤子一件半新的白洋布裕子，撕下衣襟，拿出来给步权看看，问："这行吗？"

步权点点头说："行！放在锅里，水要烧得咕嘟咕嘟滚。"薛陆氏转过身，揭开锅盖，把衣襟捺到锅里，伸头向锅房口大凤子说："火放大些烧。"

薛陆氏和大凤子在锅上忙着烧水煮布，沈长友帮假七月子换好衣服，在床边坐下，装好一袋烟，送给周步权："你看能有办法治吗？"

周步权接过烟袋，非常有把握地向沈长友悦："有！我那次被二皇打了一枪，当时比这伤还重啊，就是用金针菜、红花草、鱼心草三样熬水洗好的。"

沈长友不相信似的问："用水就能把枪伤治好了吗？"

周步权说："你不要小看土方子，有时候比打针先生①吃药打针还

---

①打针先生：西医。

灵验。"

沈长友说："大雪盖地，哪里还能找到红花草……"

步权说："我家有，自从我那次被打伤之后，每年我家老奶都收的。"

沈长友说："那你怎不带来？"

步权说："先用盐开水洗洗，待一会儿再回家去拿。"

沈长友站起来："我去……"

薛陆氏忙跑过来，把沈长友膀子一拉，轻轻地说："你声音放小些，他怕吵。"

沈长友扭过头看看说："他还没有苏醒过来。"薛陆氏把手一指："你看，他眼皮又动了。"

大凤子在锅房口听说假七月子眼皮又动了，失失慌慌站起，跑到锅后，拿过一个小红盆："锅开啦！锅开啦！"

大凤子端着一盆盐开水，蹲在床前，周步权拿着筷子，夹起布，轻轻洗着伤口，边洗边说："伤口就要干净，每天至少要洗两次，换下的布都要下锅煮，不能弄一点灰土进去，人家医院里，伤员住的房子，都要消毒，我们乡里不能消毒，屋里屋外，也得收拾干干净净的……"

沈长友伏在床头，听说要把屋里收拾干净些，忙站起身，向薛陆氏："扫地把子呢！地扫扫。"薛陆氏说："我来……"嘴说之间，便从门后拿过扫地把子要去扫地。步权急忙说："现在正洗伤口，土扬起来要落灰，不要扫，洗好伤口，换好布再扫。"洗好伤口换好布，薛陆氏扫地，沈长友家里钻到家外，把一些破破烂烂的家具，都收拾到门外雪地去。步权看看这两位老人，嘴说就忙起来了，觉得这两位老人，天真得叫人心里喜，轻轻地嘱咐大凤子说："往后这任务就交给你了，每天替他多洗几遍。"大凤子一听，叫一个女孩儿家帮一个年轻的男子洗大腿上的伤口，霎时脸红了一下，低下头去，步权又补充说："脸要

放老些，这怕什么，解放军不都是我们自己的兄弟姊妹吗？"

小团子听父亲说，大凤子家有一个解放军的同志，受了伤，便将自己身上的小棉袄脱给父亲拿走，跟着也出了门，找到大顺子和李成功，三人赶来大凤子家。沈二奶奶不知内情。她只听老头子对她说，七月子被中央军打伤，老头子走后，她在庄上就把这事传开，领了好几个老奶奶来看七月子，她的大女儿小三妈也跟着来了。

沈二奶奶来时，假七月子伤口已洗好，人也苏醒过来，还喝了半碗米汤，正在向大家讲说他的家乡，姓甚名谁，沈二奶奶进了门，走上前就抱住这假七月子："啊！心啊！刚刚一宿，就瘦得变样子了……"

沈长友伸手拉过她来："刚刚吃了药，你让他躺躺。"转身指着步权说："快把被子盖好，不要受了风。"

步权向大家挥挥手说："你们全去吧！受伤人就怕吵嚷。"

小三妈进屋一看，床上睡的人，明明不是七月子，再注意看看薛陆氏和大凤子的神情，心里已明白八九，拉着小团子，走到屋后问："兄弟，这是怎么一回事？"

小团子："这不是……"抬眼看见三个穿黄衣服的中央军，背着枪，一路咿咿呀呀唱着来了，转身便走，跑进屋子说："黄狗来了！"

薛陆氏一听说黄狗来了，顿时脸色煞白，呆呆看着步权，步权把手一挥："大家沉着气，一个不要说话，围在床边。"

三个黄狗，走到门口，伸头一望，见满屋都是人，突然散开，贴到门两旁，将枪机球拉得哗哗响："干什么，竖起手来，一个一个出来。"大凤子挺着胸就往外走，步权伸手拉住，向沈长友使了一个眼色，沈长友拔出腰中的旱烟袋，咳咳啦啦走出门来："老总，昨天打火，一个伢子被打伤，命很危险……"说着便捂着脸，凄凄惨惨哭起来。

一个矮矮的小个子黄狗，斜起眼，看看沈长友，走进屋，拉开人群，

伸头向床上看看,把头一昂:"嗯!快死啦!"走出门去。另两个黄狗,向屋里四处搜寻一下,见屋里空空,无物可抢,也就跟着走出门,头也不掉,直奔小冯庄去了。

这个假七月子,躺在薛陆氏怀里,目送敌人走出门去,看大家仍围在床前,把头往薛陆氏怀里一屈:"妈!……"眼里沙沙流出一串串的热泪来。

天时渐渐到晌午了,老奶奶们一个个都散去。步权把几个年轻人拉到房里,商议如何设法去和民兵队联系,把假七月子送走。商议结果,大顺子,李成功,小团子这几个年轻小伙子,在这时都不便出门,只好决定由大凤子和小三妈两人,去找沈金林,并分头在群众中教育,注意保守秘密。

大家商议定之后,一个个也就各自回家去了。

沈长友跟着步权,走到圩边,又不放心地转回来看看,把薛陆氏抵到门口,嗓音压得低低地对薛陆氏说:"这不是玩的。以后不论有人没人都得叫他'七月子',免得出些无心之错,千万记住!"

薛陆氏苦苦说:"你不在这里不行啊!我看那些黄狗一来,心就怦怦跳啦!"

沈长友说:"我回去把庄上人安置一下就来了,我们大家不会离开这里的。"说了也就又走了。

十一

　　新河集自从被国民党57旅一占领,恶霸孙在涛,便带领了百十个还乡团,回到新河集,做了三区区长,"活人塘"的大楼上又插起招魂旗,挂起伪区公所亡人牌,天天派出还乡团,从四乡里抓来成千男女老少,在二尺深的大雪肚里挖圩子,盖碉堡。沈长友,周步权,大顺子,小团子,李成功这一帮子人,都被还乡团抓到新河集东门,运砖石,筑碉堡,庄上剩下的,只有薛陆氏和沈二奶奶几个老人了。

　　大凤子和小三妈,第一次冒着风雪,突破敌人封锁线,奔走了两天,没有找到沈金林,也没有和民兵接上头。回家之后,小三妈便被还乡团抓去挖圩子了,大凤子在草堆肚里躲了四天,才没有被抓去,她一人,又二次突出敌人封锁线,去找沈金林。

　　大凤子二次出去,又是三天了,还没有回来。

　　假七月子的伤,一天天好转了,可是没有和民兵接上头,走也走不了,心里可急死了。

　　他躺在铺上,睁着眼,痴痴地在想自己的部队,不知开到什么地方。连长和指导员,是否知道他还活着,排长身体可好,战士们是否已经忘记他了。他心里说不尽的想念,留念部队里的生活,他闭起眼来,看到自己的排长,他睁开眼来,看到自己的战友,他恨不能肋下生出一对翅膀,飞出敌人的虎穴,重新回到自己的连队。

薛陆氏这几天，心情也是一条肠子挂两头，一头挂着家里的假七月子，如不送走，长期在她家住下去，万一被敌人识破，不但报答不了共产党的恩情，反而会白白送了一个战士的性命，另一头挂着大风子。大风子出去找民兵，一去三天还没回来，这是兵荒马乱的年月，一个头二十岁的大姑娘，在外边乱走，万一出了差错，怎么得了，她薛家只有这么一条根了……

她整天坐在门前，提心吊胆地看着，看到路上有个人影，她心里就惊喜起来，轻轻念着："这下好了，大风子回来了……"看着看着，并不是大风子，她又轻轻哀叹起来。

小三妈好似从坟里爬出来一般，浑身上下都是泥，从屋后凶凶跑上来："凤姑娘回来没有？快啊！不好哪！"

薛陆氏打了一个寒噤，抖抖地站起来："啊，你，你……""还乡团来抓人啦！"小三妈仍是慌张得说不清话。

薛陆氏一听说来抓人，扑通坐到地上，两手直招："快，快，快把他藏起来。"

小三妈也呆住了，呆了好半天才省悟过来，是她没有把话说清楚，引起薛陆氏的误会，以为是来抓假七月子，慌忙走上前一步说："不是到这里来，是来抓大顺子和小团子啊！"

薛陆氏也呆呆看了小三妈好久，才问一句："抓大顺子？"

假七月子在屋里喊一声："大姐，你进来。"小三妈走进屋子去。

假七月子拍拍床边，向小三妈说："大姐，你坐下，我问你，敌人为什么要抓大顺子和小团子哥哥？"小三妈没有坐，嘘嘘吵吵地说："今天上午，保长张学海，带了三个还乡团，到圩子上，说张学书干活不起劲，举起鞭子就打，打了还不算，还把人推到水里去冻，眼看人就被冻死了。大顺子和小团子，看了不服，就领着人哄起来，把张学海吓跑，

救起张学书,中饭后张学海就带来一二十个还乡团,到圩上来抓大顺子和小团子。"

假七月子支身坐起:"人抓去没有?"

小三妈走到门口,伸头向门两边张望一下,转回身,轻轻地对假七月子说:"一闹过以后,步权就怕有这一着,叫他们躲起来啦!"

薛陆氏这时才明白,原是抓大顺子的,轻叹了一声:"天啦!学书呢?"

小三妈转身说:"学书被打得爬不起来,抬回家去了。"

薛陆氏说:"那你赶快去,叫他也躲起来啊!"

小三妈说:"张学海不找别人啦!将步权和我爸爸抓去啦!"

假七月子惊问:"怎么又抓到沈二爹爹呢?"

小三妈说:"你真呆了,我的大兄弟是民兵队长,和张学海是生死对头,还能把我家放过吗?他耕不着,耙也要耙着啊!"

假七月子沉思了好久,问:"就抓去他们两人吗?"

小三妈眼睛红红,点点头,紧看着假七月子。

假七月子又躺下去,双手抱着头,呆呆看着屋梁,最后对小三妈说:"你去,招呼大顺子和小团子哥到我这里来一下。"

小三妈走了。

薛陆氏一听说沈二爹爹和步权被还乡团抓进圩子,更是没了主张,家里转到家外,唉声叹气。

假七月子坐在床上,低头想了好久,向薛陆氏说:"妈妈,坐下。"

薛陆氏在假七月子床边坐下,双手捂着胸说:"我一听说步权和沈二爹被抓进圩子,心里比一盆火烧得还难受,哪里还能坐得住。"

假七月子说:"妈妈,我问你,张学海过去是干什么的,就是圩子里的人吗?"

薛陆氏伏到床边,轻轻说:"这个小败神,和张学书是亲兄弟。从父母死了之后,他就和学书分了家,吃喝嫖赌,把家业败光,跟孙在涛当贴身子,拜孙在涛做干老子,跑到淮上当二皇,做汉奸。如今蒋介石来了,又当了保长,是杀人不眨眼的恶鬼啊!"

假七月子愣愣,问:"他欢喜钱吗?"

薛陆氏说:"这号人还有不爱钱的,过去他当二皇,学书不让他进门,他就带人来家讹学书,唉!是个孬种,只要你有钱,就是他的祖先牌子也能卖给你。"

假七月子沉思了一下:"他抓沈二爹爹,不过是想……"一个年轻的妇女,满脸黑灰,头上包着青布手巾,肩上背着个芦柴篮子,篮子里装的破烂和黄菜皮,走进门来,假七月子抬眼见一个讨饭婆子,直奔屋里来,不禁愣住,呆看了好久,突然大叫一声:"凤姐!"薛陆氏这时才认出,是大凤子回来了,奔着大凤子扑过去。

大凤子放下篮子,抓去头上的手巾,向母亲说一声:"妈!到门口去,有人来,咳一声。"说着把身上的破棉袄撕开,从胳肢窝里取出一个布包包,坐到假七月子床前,轻轻说:"和金林联系上了,他已做了区队长,叫你不要走,就在这里住下去。"

假七月子惊讶地问:"留在这里?"脸略微有些变色。

大凤子将布包交给他说:"金林大哥说,区委会要你留在这里,这是区委会给你的信,他说,你一看信就知道了。"

假七月子慌慌张张将布包拆开,拿出信一看,躺到床上去,半天没有说出一句话来……

大凤子又从衣襟里取出一个纸卷,交给假七月子说:"这是金林同志带给你的,叫你想法子送到圩子里去。"

假七月子接过纸卷,放开一看,是解放军在宿北战斗,打败国民

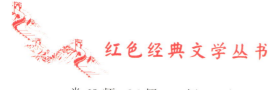

党69师,26师,11师,57师……歼灭敌人两万四千多人的捷报。他一头坐起,大叫一声:"我们打了大胜仗啦!……"薛陆氏在门外:"咳,咳……"假七月子一听薛陆氏在门外咳起来,把捷报往大风子手里一塞:"藏到房里去。"又往床上一躺。

假七月子躺在床上,被子蒙着头,只露出一点点缝,盯着门外。

小团子满头大汗,冲进门来:"七月子,爸爸被抓去啦!"

假七月子一见是小团子走进来,双手掀起被子,坐起身,拍拍床边:"我知道了。"

大风子从房里出来:"妈妈怎么这样糊涂,把人吓了一大跳。"

小团子一惊,伸手抓住大风子:"你回来啦!找到哥哥没有?"

假七月子从床边拿出信来:"他已做了区队长了。"

小团子跳起:"他在哪里?我明天和你一起去。"

假七月子笑笑:"我不走了。"

小团子很惊异:"怎?你不走,你是……"

假七月子扶着小团子肩膀说:"组织上决定,要我长期在这里埋伏下来,领导群众,坚持斗争。"

小团子问:"你们部队同意你留下?"

假七月子说:"我们黄海大队,宿北战斗之后,已随着三野,转移到陇海路以北鲁南地区。"

大风子从房里又拿出那一卷子捷报,在小团子眼前一晃说:"解放军又打了一次大胜仗啊!"

小团子抢过捷报,高兴得在屋里直跳。

假七月子待小团子跳了一阵之后,又拍拍床边说:"我来问你,大顺子和成功怎样?"

小团子愣住:"你这话是什么意思?"

假七月子笑笑："我不了解他们，想问问你。"

小团子把假七月子肩背一拍，跳起来："这你放心，都是和我一样，翻身户，心向着共产党的。"

假七月子沉思一下："今天晚上，你把他们两人找来，我们第一步要想法把沈二爹和步权大哥救出来，第二步把这些捷报，送到圩子里去。"

小团子把大腿一拍："这还不容易，明天到圩里去筑碉堡，我保险带进去。"

假七月子摆摆手说："一定要今天晚上送进去，国民党一占了新河集，天天在宣传，共产党被打败了，解放军被赶下东海了，搞得老百姓糊里糊涂，也不知是真是假。老百姓一看到这些捷报就明白了，共产党是不会走的，始终是和老百姓在一起的。"

大凤子在旁插嘴说："我们还要把这些捷报，一张一张贴在街上，不但要叫街里街外人人知道，共产党是不会离开新河集的，还要叫黄狗也知道，他们又被我们打败了。"

假七月子说："还有，我们胜利，对敌人就是打击，明天保沈二爹爹和步权大哥，话也好说些。"

小团子愣了愣，说："好，我去找大顺子。"说着便奔出门去。

十 二

　　新河集发现了解放军的捷报，敌人大为惊慌，还乡团、保安队日夜不安，连孙在涛也亲自领着还乡团，在圩上监工，押着老百姓，不分日夜，在新河集筑起三道水圩子，大大小小盖起十七个碉堡。

　　新河集自从筑起圩子，盖起碉堡，周围五里路之内，树木砍光，鸡鸭杀光，猪马牛羊抢光，千村万户，家家被挖地三尺，小锅底朝上，从此，活人塘又变成了活地狱。

　　新河集的人民，在活地狱里生活着，盼望着，盼望解放军打回来，把他们救出活地狱。

　　鲁南战斗开始，国民党的主力部队全部调去鲁南增援，新河集只留下一个营的保安队，配合还乡团，孤守在新河集碉堡里，趁敌人空虚，沈金林领着民兵，和敌人展开斗争，今夜来摸哨，明晚又来攻碉堡，打得敌人惊惊慌慌，日夜不宁。白天不敢四出抢劫，夜晚不敢睡觉，一夜到天亮，不是打机枪壮胆子，就是放照明弹助威，哪块一有风吹草动，十六个碉堡就灯消火灭，头也不出。老百姓一见如此情形，人人心里暗喜，不久就又要见到太阳。

　　沈长友和周步权，平白无故被张学海抓进圩子，关押了五天，花了七十块大头才赎出来。

　　这天夜里，民兵又在东圩门口，摸去保安队两个哨兵，吓得敌人

闹哄了一夜,机枪不停声。

周步权和李成功半夜里听到圩里圩外机枪步枪打得呜呜叫,心想一定是民兵来攻打新河集了。两人就爬起来,蹲在张学书家屋子东山头,侧起耳朵,在那里听枪声,一枪一枪在数着,一直到太阳树头高,枪声早就停止了,他俩仍在墙根,侧耳细听着。

沈长友已是六十开外的人了,平时就是咳咳喘喘,长期有病,又被张学海抓进圩子,吃了一些苦头,赎出来就病倒,睡了半个多月,这时刚刚能起床。他夜里听到枪声,可把他欢喜得一夜未睡,天刚亮,他就前庄跑到后院,见人便说:"你们听到了吧!回来啦!"

他嘴上几根小胡子,冻成一块饼,眼眉毛上拖下寸把长冻穗子,头上戴的破"狗头"帽子,下得白垩垩的霜片,四转挂下一条条冻铃铛。一件没领子蓝布棉袄,胸口都露在外边,脖子冻得血紫,开毛根起了鸡皮疙瘩,腰里挟着旱烟袋,弓着腰,驼着背,一路嘶嘶哈哈,走到步权身旁,伸头二面望望,蹲下身子,低低地说:"这块乌云要散啦!不久就要见太阳啊!"步权看看四周无人,轻轻说:"小团子没告诉你吗?"沈长友摇摇头:"他昨晚就到大凤子家去,还没回去啊!"李成功说:"山东又打了个大胜仗,揪掉黄狗好多啦!眼下圩里怕得要命,连夜找十一个乡保长①开会,咱们各人要留点神罗!"

沈长友把大腿一拍:"怪不得这两天看劲头子不对呢!天天夜里放空枪,打空炮,赶快得招呼大家一声,别让它临死捞一把,再来收拾咱们一下。"周步权呷呷嘴:"这倒不怕,连穿在身上一件好褂子都被还乡团剥光了,他还要抢,还抢得了什么。"李长功说:"东西抢不到,人他还要啊!"周步权说:"只要他们几个青年人不落到他手里,老子

---

① 乡保长:流亡乡。

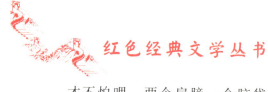

才不怕哩。两个肩膀一个脑袋，抢到天边我也不在乎。"沈长友叹息一声："唉！这个世道，靠菩萨过日子。"步权跃身站起，把手一挥："该死朝上，不死翻过来，管他娘呢！和他干了，反正是那么长……"

保丁张小三子，鬼头鬼脑，提着一面破大锣，哐哐哐哐地敲着，一路喊来："一家一个，到关帝庙开会啦！保长有命令，哪家不去，罚十排子弹……"来到了这三人眼前，步权冷冷地说："饭都没得吃，还要开会，还要罚子弹，好吧，让你们去罚吧！"张小三子愣住了："嘿！你啊！"步权把眼一翻，牙咬得吱吱响："我！我怎么样？"张小三子把手一指："多关你几天就老实了。"步权捏起拳头，在天空摇晃了一下："老子不在乎你！"张小三子伸手一把抓住周步权的衣襟："是好汉，跟我进圩子去讲。"步权两只膀子一挥，将张小三子扔出八九步远，大叫一声："走就走！"张小三子被掼了一个嘴啃泥，那还受得，爬起身，跑到张学书家门口，摸起一条扁担，就奔着步权来，嘴里恶声恶语地骂着："我揍死你……"李成功忙上前拉住张小三子："小三哥，都是庄前庄后的人，你还不知他这三条弯的货吗？好好，大家都去开会。"张学书一家也跑出来了，劝死劝活，好不容易才把张小三子劝走。

张小三子，没有父母，也没有兄弟姐妹，从小就到处漂游，跟着张学海一帮子人跑，谁有钱谁就是他的爸爸。

步权两眼气得像触人牛似的，两手卡着腰，看着张小三子被人拉走，蹬脚捶胸地骂着："总有一天，老子非把你宰掉。"李成功转回身劝步权说："你的脾性，怎么变成这样莽撞了。"步权指指手说："就这个狗东西，吊我三天，我不揍他一顿，八辈子这口痰也掉不下去。"李成功说："这号人，你和他去打，还能有便宜你讨吗，光棍不吃眼前亏啊！"沈长友哀叹一声："唉！王八当道，泥螺也能吃人啦！"步权咬咬牙说："反正有他就没有我，拼拼算啦！"李成功推着步权说："好

好，去开会。"

薛陆氏拄着木棍，来到关帝庙门前一看，大殿上挤得满满的人群，一个个喜笑颜开，叽叽喳喳，讲说夜里的枪声，有的说是解放军打回来了，有的说是民兵，又摸去保安队两个哨兵，有的讲解放军在山东又打了胜仗，有的谈论鲁南一战，活捉李仙洲。她听到这些，更是从心里往外喜，在人群里东张西望，挤来挤去，找到沈长友，挨着墙角蹲下，低声对沈长友说："你知道吗？金林昨天晚上回来说，北边打得好啊！"沈长友惊了一下："他怎不回家去看看。"薛陆氏抵抵他："他是找……长友突然将她膀弯一捣，嘴向门口歪歪，使了个眼色，故意放大声音长叹一声："唉！冰雪在地，没吃没烧，这日子怎过啊！"她抬头一看，是保长张学海来了，也跟着叹息一声："嗯！老天也在逼人死啊！"只听一声吆喝："坐下！"全场霎时鸦雀无声。

伪保长张学海，年约三十六七，个子矮矮，脸团团，一双牛眼，突出眶外，身穿一件黑羔羊皮袄，头戴一顶赤色毡帽，手里提着一支乌油油的盒枪，如恶鬼一般，横眉竖眼，扛着尾巴，凶凶地走进大殿，抬眼向内外扫视一番，站到桌前，将盒枪往面前一插，从怀里掏出一张布告，涨红着脸，大声宣读着："奉国军命令，为着适应战时之需，新河集四周的障碍物，必须立即扫除，以作战斗准备，特令在三日内，将新河集东门和南门，三里路之内，所有房屋，一律拆除，不分穷富，凡是拆下的砖瓦、木料，任何人不得乱用，以供国军军需之用，从公布之日起，如有违抗者，以通匪论罪，就地枪决，此布。区长孙在涛。"念完之后，那寒森森的目光，在众人脸上扫视一番，拔出盒枪，在桌上一拍："三天之内不拆光，放火烧。"盒枪一提就走了。

庙里庙外的人群，一个个目瞪口呆，动也不动，过了好大会儿，突然如同火山爆发一般，哇啦一声，全场大哭起来。这时周步权跳上桌

子，如春雷一般，大声吼叫起来："官逼民反，不得不反，不拆，不拆，谁拆谁就孬种，走！回家去，一家也不拆。"把手一挥，跳下桌子，奔出门去，几百号男女，跟着一声狂叫，拥出关帝庙。

薛陆氏挤出人群，如痴如迷，摇摇晃晃，回到家，往床上一倒，大哭起来。

大凤子在家，刚帮假七月子洗过伤口，上好药，换了纱布，正在包扎，一见母亲如此，吓得她心里突然一跳，浑身汗毛倒竖，奔到床前，一把抱住母亲："妈！妈！你……"假七月子也慌张地蹦下床，扶着墙走过来喊："妈！妈！"

薛陆氏好半天才说："乖乖，祸上头……"倒到大凤子怀里，又放声大哭起来。霎时前后几庄哭声四起。

假七月子一听外边的哭声，心里也大大吃了一惊，向大凤子说："凤姐，你去找……"

小团子气冲冲地跑进屋子："七月子，不好啦！孙在涛下了命令，要我们圩外这几十家人家，所有的房子，在三天之内，一律拆干净，这，这怎办啊……"

大凤子一听说要拆房子，放开母亲，站起身来，挥着手说："一根草毛也不拆，看他怎么办。"

小团子说："不行啊！三天之内不拆光，他就要放火烧啦！"

大凤子说："烧！就和他拼了。"

小团子说："拼！不行哟，刀把子握在人家手里。"

假七月子坐在薛陆氏床边，紧紧皱着眉，默默在那里沉思。

小团子见假七月子不说话，心里十分发急："七月子，你怎不说话，快拿出主意啊，这是几十家的大事啊！"

假七月子拍拍床边问："大家怎么说？"

小团子发急说："这时你还问大家,步权在庙上大喊大叫,不拆,不拆,可是,各人都在看着你啊!"

假七月子倚到墙上,睁圆眼睛,盯住屋梁望了半天,心里自语:国民党要拆老百姓的房子,在杨墩子筑圩子,盖碉堡,加强新河集外圩工事,这说明,不是敌人力量强大,正是说明,敌人在鲁南吃了败仗,后方更为空虚,敌人内部恐慌……上级党要我在这里,领导群众斗争,这正是发动群众、开展工作的好机会……他跃身坐起,向小团子说:"我们要斗争!"

小团子把胸口一拍:"你说吧,投河下井,我小团子是第一个!"

薛陆氏一听说斗争,翻身坐起,抱住假七月子:"你,你伤口这两天又坏啦!"

假七月子扶着薛陆氏的肩膀,看了薛陆氏好久,说:"妈!哭,哭不软敌人的心,求菩萨更没有用,观士音也不能护下房子,我们要活下去,不靠天,不靠地,也不靠菩萨,要靠我们自己,去斗争!"又掉过头说:"小团子哥,你去找大顺子,我们要领导群众,和敌人去斗争!"

小团子把手一挥:"好!"转身便走。

小团子走了,假七月子坐在那里一想,突然又叫了声:"凤姐,你快把小团子哥喊回来。"

大凤子愣住:"你……"

假七月子挥挥手:"你去!"

大凤子不知他何意,只有奔出门,又把小团子喊回来。

小团子转回来,气冲冲地问:"怎?你主意又变哪?"

假七月子摆摆手:"不是变,我想你和大顺子两人,上次在圩子上闹了那一场,敌人对你们两人已注意了,这次你们两人出头露面去领导群众,不大合适!"

小团子把手一挥："鸟！砍下头来不过碗大的疤。"

假七月子说："不是砍头的问题，是我们今后如何和敌人斗争下去的问题。"

大凤子说："我去找步权大哥……"

假七月子摇摇头："步权大哥，性情太莽撞，容易出事。"

小团子发愣了："那就算了不成？"

假七月子说："你要知道，我们这是采取合法斗争，是要和敌人去讲理，这个出头露面的人……"

大凤子说："我不怕，我去领头。"

假七月子看着大凤子，思索了好久，仍是摇摇头。这时薛陆氏在旁插口说："我和沈二爹爹去。反正我们是一把老骨头，死也死得值了。"

假七月子抬起头，看看薛陆氏，轻轻叫一声："妈妈！"拉过大凤子和小团子，三人头靠头，咕噜咕噜，商议了好半天。大凤子站起来，把头上花夹子往耳根抹抹："我去找小三妈！妈！你坐在后圩边等沈二爹来，各人传下去……"说了拔腿就跑。小团子跟后喊："凤姐，我在步权家等你。"假七月子向小团子说："你告诉成功和大顺子，你们几个青年人要注意，千万不能莽撞。"小团子说："我知道了。"小团子说完，跟着大凤子也出去了。薛陆氏这时已走到门后，摸起一把粪勺，手巾往头髻根揣揣，向假七月子说："饭在锅里，饿了自己就吃。"说着就奔出门去。假七月子喊了声："妈！一有事情，你叫凤姐回来告诉我。"薛陆氏把手扬了下，头不掉走了。

十 三

薛陆氏走后，假七月子就扶着墙，挪到门口，迎着门坐着，看着西南角小庄子上人来人往。

天刚傍小晌午，新河集南圩外两个小庄子上，突然一声锣响，前后几个小庄子都响起来，男男女女，老老少少，驮的驮，抱的抱，扶的扶，会集到庄头，一个个头顶黄龙牌，人人手捧长香，一路哭哭喊喊，拥上新河集南圩门口而去。

假七月子拄着棍，扶着墙，转到屋后，伏在墙角上，看着这支群众队伍。

人群渐渐接近新河集南圩门，圩门口的哨兵，一见人群拥来，慌慌忙忙，拉起吊桥，关好圩门，在碉堡顶上架起机枪，对空哗哗一梭子，大声吆喝着："不许前进，不许前进，谁再向前走就打死谁！"人群步子慢了。

沈长友和薛陆氏走在人群最前边，一见后边的人，听到枪响，步子有些软了，挥着手，向众人大喊一声："我们到活人塘来讲理的，不要怕，打不死我们。"

小团子和大顺子几个小伙子，在人群里，跟着喊起来："我们要讲理，不怕死！"

男男女女，被这一鼓动，个个直起腰，迈开步子，跟着拥上去喊："国军说是为老百姓的，就是为老百姓拆房子的吗？教老百姓无家可归吗？日本鬼子住在这块三年，还没把老百姓烧光杀光，国军又来拆房啦，你拿枪打死我们吧！我们活不下去了，不要怕，我们要跳出活人塘！"男男女女，七言八语，一喊一条声，拥到吊桥头。

大大小小几百号人，拥在圩门口喊冤叫苦。男的抱住女的，老的抱住少的，小孩抱住大人，滚成堆，连成片，又哭又叫。圩堆上有几个保安队的士兵，心也被哭软了，互相争吵起来，有的喊："用机枪扫，一个个都打死他。"有的说："你打，我看你能把这些老百姓都打死。"有的骂着："这些老百姓，都被'共匪'赤化了，打死一个少一个祸害。"有的不服说："你打，你杀，你总不能把天下的老百姓都杀光吧！"有的叫起来："不要忘记，我们在家也是老百姓。人都是逼出来的。官逼民反，不得不反……"

大凤子站在圩边，清清楚楚听到这些士兵互相争吵声，趁机领着群众，向圩堆叫喊起来："弟兄们，你们家也有父母，也有妻子儿女，和我们活人塘老百姓一样，在家受苦受难，地主要杀便杀，要打便打。弟兄们，我们都是受压迫的人，往日无冤，近日无仇，我们是和孙在涛讲理，孙在涛不让我们活下去……"

保长张学海，领着张小三子，气冲冲爬上圩堤，拔出盒枪，砰砰对天放了三枪，驴叫一般，勒圆嗓子喊："你们要造反，先把脖子摸摸，要不要头？拆房子，盖碉堡，这是国军的命令！谁敢不从，谁敢违抗，站到前边来！……"

薛陆氏和沈长友同声喊起来："我们要活命，我们不能冻死在雪地里……"接着，几百个声音，同时喊起来："你打死我们吧，反正我们是无家可归，反正都要冻死在雪地里……"

张学海转过身，挥舞着盒枪，向圩堆上保安队喝令着："打！用机枪扫！扫……"

一个士兵向张学海喷了一口："呸！你要老子跟你去杀人啊！"

另一个士兵也同声骂起来："入妹的，这都是孙大胖子的玩意儿，仗他妈的还乡团儿根枪，作威作福，屠杀百姓，老子不是吃你的饭。"碉堡顶上一个士兵，举起枪来，狂叫一声："谁不是父母生的，老子不跟你去杀人。"跳下碉堡。接着一个士兵，扔下机枪，挥着手说："入他奶奶的，不干了，我们杀人，保护人家嫖婊搂姑娘……"碉堡下边一个士兵说："这又是保长输急头啦！要老百姓出来为他填赌账。"说着，就推开张学海说："你有本事，到圩外去讲，我替你放吊桥。"

张学海一见风头不顺，把帽子往下卡卡，夹起尾巴，直奔活人塘而去。

新河集的老百姓，在党的领导下，借着拆房子的事，和敌人展开了合法斗争，大闹三天。伪保长张学海也没了主意，苦着眉，跑进孙在涛的大烟厅，哭丧着脸说："大太爷，小的该死，实在没办法……"

　　孙在涛为拆房子的事，这两天也憋了一肚子气，躺在大烟铺上，操着双手，闭目深思，忽见张学海进门就喊没办法，把铺一拍，暴跳如雷，大声怒骂道："狗日的，你这个饭桶，枪是木头刻的吗？"

　　张学海两腿活抖抖，向前挪了半步，喃喃地说："大……大太爷，都是老的老，小的小，哭的哭，滚的滚，一喊一条声，连保安队弟兄们心都被他们哭软了，跟着群众骂起我来，叫我怎……"

　　孙在涛把手一挥："滚，滚！替我滚出去！"

　　张学海好似乌龟一般，缩起头，慢慢退到门口，低头垂立着。

　　孙在涛年约五十二三，大高汉子，四方脸，塌鼻梁，翘嘴唇，麻雀眼，腰如笆斗，头像煨罐，身穿小毛皮袄，外罩一件黑呢大衣。他在屋里晃来走去，思索良久，躺到铺上，轻轻长叹一声："唉，萃萍。"只听里房传出尖溜溜的女子声音："嗳！来哪！"从角门里，飘飘地走出一个二十上下的女子。

　　这个女子，是孙在涛的女儿，名叫萃萍，打扮得十分妖艳。身穿一件蓝色缎子旗袍，外罩着米色毛线衣，脚穿半高跟皮鞋，头梳得活像翻毛鸡，走起路来，那么飘飘的，未曾说话，两个迷人的酒窝，先露出笑容，一双单凤眼，未曾看人，眼梢先卖弄了风情，是个有名的风骚货。

　　萃萍走出来，一见张学海站在门旁，满脸汗珠直滚，眯眯一笑，妖声妖气地说："张保长，怎不坐下，快坐下。"

　　孙在涛扭头看看张学海，向萃萍说："把我的名片拿来。"

　　萃萍回到房里，拿出孙在涛的名片，走到铺前，交给了孙在涛。孙在涛看看自己的名片，向张学海说："把这张名片拿去，到保安队把王大队长请过来。"

　　张学海直起腰，抹去脸上的汗珠，走到铺前，伸手接过名片，走出烟厅，头也不掉，直奔保安队而去。

保安队这位王大队长，早对萃萍有意，就是往来机会不多，当然一请便到了。

孙在涛正与萃萍在烟厅里，把一盘一盘的糖枣、青果、雪梨、橘子往桌上摆，张学海气喘喘地跑进来："大太爷，王大队长来了。"

孙在涛一听说客人已到，慌忙跟着张学海迎出烟厅，点头弓腰地说："对不起，对不起，昨晚听说你已从城里回来，本想今天一早过去看你，只因这两天有些不爽，劳你过来，实是对不起。"这位大队长，上前一步，拉着孙在涛的手："怎么，没有找医生看看吗？"孙在涛用手指拍拍额角："也不是什么大病，只是前天受了点凉，头痛得抬不起来。"两人边说边笑，并肩走进烟厅。

二人客气一番坐下，张学海忙帮着萃萍，捧过茶和香烟。

这位大队长，浑号王猴子，他的脸形，上宽下尖，两眼凹下有半寸深，生得如猴子一模一样，就是个子长得十分高大。

王猴子接过萃萍捧来的茶杯，放在唇边，用眼梢瞟瞟萃萍，放下杯子，又转过脸向孙在涛说："找小弟到此，不知有何指派？"孙在涛仰脸大笑："岂敢岂敢。"掉回头："萃萍，快点灯。"

萃萍对点灯烧烟这一套，是糟坊的姑娘——酒（久）手，特别是对王猴子，格外殷勤小心周到，赶忙过去，把烟铺上的香油灯往起一点，怀里掏出水红绸子手帕，将绿绸被子掸了几掸，放上海绵枕头，转过身来，用眼梢偷偷向王猴子瞄了几瞄，眯眯一笑："王大队长，请到这边来坐，弄两口过过瘾，再吃茶吧！"

王猴子一见这位风骚的姑娘，如此相待，早是魂飞云霄，直不起腰来，连连点头说："好好好！"

孙在涛也站起相请："请到铺上谈吧！"

王猴子上了烟铺，两眼盯着萃萍，并不动手烧烟，孙在涛早看出其中之意，便向张学海噘噘嘴，暗示他出去，然后对萃萍说："萃萍，来替王大队长烧两个泡子，我到后边去看看，为王大队长准备二斤土，带到队部里……"说了就跟在张学海后边，到外面去。

萃萍一见王八爸爸走开，把腰扭得像马蜂，头摇得像货郎鼓，忸忸怩怩地躺到烟灯旁，从鼻子里吐出一股妖声浪气说："大队长，怠慢啊……"说着，拿起烟钎，从烟盘里挑起羊屎蛋一般的烟泡，放到香油灯头上，烧得叽溜叽溜地直响。这时王猴子已是神魂颠倒："这，这……"萃萍两眼催起波纹，眉梢飞起迷人的笑容，无力地推开王猴子的手说："抽烟。"王猴子失神地双手接过烟枪，眯缝起眼来，使劲地吸了两口，张开嘴，喷出一口浑浊烟雾，放下烟枪，顺手在萃萍的腮上，轻轻那么一摸，捧起萃萍的下巴，萃萍飞起眼皮，故作羞容，捏着王猴子手，狠狠一推，正好打在香油灯上，把灯打熄，翻滚在铺上。这时王猴子已神魂颠倒，哪还顾得什么油和火，双手扑过去，搂过萃萍的飞机头，啪！亲了一口……

孙在涛捧着一块长方形的油皮纸封的纸包，从里面出来，走到门口，伸头一看，王猴子和萃萍已搂在一起，心一沉愕，故意咳了两声："咳，咳！"脸上一阵灰暗，缩回头去。

萃萍一听父亲的咳声，双手猛将王猴子推开，跃身坐起，跳下铺，把头一低，直奔内房而去。

孙在涛见女儿已走，满脸霎时堆起笑容，走向铺边，深深一躬："老弟，浅薄得很，以表寸心……"那王猴子，两眼痴呆地看着萃萍的背影，直到孙在涛的纸包儿碰着他的手，这才把眼光收回来。

孙在涛将铺上的烟灯，重新点起，在王猴子对面躺下，亲启动手，又帮王猴子烧了三个泡子，这才开口说话："老弟，今日请过来抽烟，并无别事，目前'共匪'活动，如此猖獗，不知老弟有何见教？"王猴子吸了一口烟，摇摇头："'共军'主力，全部逃窜山东，苏北已被我军光复，对一些'流寇土共'，何足一提。"孙在涛笑笑："连日在街头巷尾，

发现'共匪'传单捷报，老弟可曾见否？"王猴子放下烟枪，支身坐起：
"这是'共匪'的宣传，有什么值得大惊小怪呢！"孙在涛也坐起，向王
猴子身边凑凑道："并非我大惊小怪，目前形势，实是对你我不利。"王
猴子说："你这样一说，我倒要领教。"孙在涛走下铺："宿北之战，我军
失利，鲁南会战，又是失策。目前我军主力，云集山东，两淮空虚，新
河集有成孤岛之危。"王猴子蔑视地笑笑："你莫非要退居两淮吗？"
孙在涛摆摆手说："并非此意。"王猴子说："既无心放守新河集，又何
必如此惧怕。"孙在涛说："我和这一带'土共'打交道，已是数年，深知
'土共'刁顽，诡计多端，防守不得不加小心。"王猴子说："你说这话，
未免有些长他人志气，灭自己的威风。"孙在涛微笑说："关云长失荆
州，乃是出于大意。"王猴子说："依你之见呢？"孙在涛说："为着安全
之计，必须将圩外散户人家所有房屋，一律拆光。在杨墩子再筑一个
外围据点，以防'土共'活动！"王猴子说："你莫非要我派兵到圩外，
驻守外围据点么？"孙在涛摆摆手："派一乡自卫队，足以防范，决不
调动老弟一兵一卒，只是圩外的老百姓受'土共'遗毒太深，起来抗拒
……"王猴子没等孙在涛将话说完，把铺一拍："这还了得，谁敢领头
抗拒，就地枪决！"这时张学海挨挨身子，走近铺边："大队长有所不
知，这些老百姓，都经'土共'六七年的教育了，张嘴一窝蜂上来，没法
下手！……"

王猴子这个狗家伙，勒起眼，突然跳下地，举手向张学海一指："胡
说，蒋委员长有过命令，'宁错杀一千，不错放一个。'去！传达我的命
令，架起机枪，把躺在圩门口那些刁顽的农民，统统枪毙！"

张学海把头低下，倒退了几步，气也不敢喘。

孙在涛在一旁笑笑："非是我等杀人不力，只怕与贵军发生误会。"

王猴子愣住："我不知你这话是什么意思，难道还是我王某'剿匪'
不力么？"

　　孙在涛趁机把三天前在圩子上，保安队的士兵互相争吵与辱骂张学海一事，由头至尾告诉了王猴子。王猴子暴跳如雷，向孙在涛说："我的兵，竟敢如此，那还了得，谁不服从命令，枪毙他。"

　　孙在涛这时又进一步说："为着保安队与各乡自卫队同心协力，剿灭'土共'，本人倒有一个拙见，不知老弟意下如何？"

　　王猴子说："你说吧！姓王的说杀一百，决不杀九十九。"

　　孙在涛向前走了半步，亲切地拉过王猴子的肩膀，套着他的耳朵，咕噜了几句。王猴子把孙在涛肩背一拍："神机，神机，就这样办……"

　　萃萍又换了新装，从角门里出来，向孙在涛说："爸爸，桌子已摆好，请大队长客屋去坐吧！"

　　孙在涛扭头看看女儿，向王猴子说："略备便饭，望老弟赏光。"

　　王猴子向萃萍瞟了一眼："这就讨扰了！"说着便和孙在涛手拉手走进角门。

　　太阳刚刚露出头来，张小三子提着破锣，爬上圩堆，呛呛呛，敲了三下，挥着锣槌，勒起嗓子狂喊："喂！大家听真了，大太爷传下话来，各人赶快回到各家去，该种地的种地，该做买卖的做买卖，安分守己过日月，拆房子的事情，大太爷已到淮上求下情来，不拆啦……"

　　睡在圩外露天地的人们，忽听说房子不拆了，大人小孩，一个个跳起来："房子不拆啦！活人塘的劫转过来啦！活人塘低头啦！我们胜利啦……"在狂欢声中，有的跳，有的笑，有的抱起来，有的抬起来，也有的为着自己这场斗争的胜利激动得流下泪来。

　　斗争胜利，霎时全庄都哄起来。

　　大凤子好似一匹野马，直往家奔。

十 四

假七月子从这场斗争开始，就下了床，拄着棍，伏在墙拐上，不分日夜，观察圩里圩外各方面动静，指挥群众行动，出谋献计，领导斗争。

大凤子多远就看到假七月子伏在墙角旁，挥着手喊："七月子，七月子，活人塘传出话来，房子不拆啦！"

假七月子听说房子不拆了，把手里的棍子抛上天去，揸开两膀，捏起拳头，向天空扬了扬，也大喊一声："我们胜利啦！"

大凤子奔上来，紧紧握住假七月子两手："我们胜利啦，我们胜利啦！"忽然惊觉，她抓着的人，并不是原来的七月子，而是一个战士，不觉红起脸，放开手，觉得非常难堪。她这一窘，突然触动了假七月子的心情，脸色霎时沉了一下："凤姐，快！快！把我扶到前边那坟包上去。"

大凤子见他的脸色，十分惊异，也不知又出了什么事情，伸手拉过他一只膀子，往肩上一拉，连背带架，奔到路口一个小坟包上。

欢乐的人群，渐渐来到了庄头，假七月子在坟包上，挥着手，向大家说："父老们，慢一点走，我有几句话说一说。活人塘传出话来，房子不拆了，这不是活人塘向我们发了什么善心，更不是孙在涛跑到淮上，为我们老百姓求下什么情，是我们团结起来了，我们有力量了，我们敢和敌人斗争了。各人回去，不要忘记，孙在涛是我们穷人的对头，他是恨不能一口把我们穷人连骨头都吃下肚。要跳出活人塘，只有挺起胸来，和这些恶狗斗争……。""我们要团结，我们要和孙在涛这条恶狗斗争……"遍地的人群，又狂呼起来。

前后三庄，好似过年一样，跳起来，唱起来，斗争胜利了……

沈长友家门前场上围着一大群人，周步权脱去身上的小棉袄，光着膀子，站在人群里，挥舞着拳头，大声疾呼："人！死得熊（无能的意思）不得，人熊被人欺，马熊被人骑。这次孙在涛要拆我们的房子，要是我们一个个不敢和他斗争，都被他钢枪刺刀吓住了，这房子还不稳被他拆了。我们不怕死，我们去和他讲理，嗳！他反而不拆了。"

沈长友补充说："我们大家齐心了，力量大了，他也就害怕了。"

步权把手一挥说："这不是古话吗，鬼火不敢见真火，我们和他讲理，理在我们穷人这一边吗！天王老子我们也不怕。"

沈长友说："只要大家一条心，黄土也能变成金。孙在涛看到我们一条心了，他也担心，担心他失去民心。"

步权把口一喷："呸！他还有的民心，他是怕我们起来，活扒这个狗入的皮。……"

小团子他们几个小伙子，更是兴高采烈，前后三庄到处乱奔，逢人便讲："我们站起来了，活人塘就要倒下去，我们要干，一定要跳出活人塘。"遇人就问："怎么样，话没错吧！到底是孙在涛向我们低头了。他要不低头，这次非砸碎他的脑袋不可。"连大凤子也跟着小团子他们，前庄跑到后庄，直到下晚才回来。

大凤子回到家，只见薛陆氏坐在假七月子床边，低着头在流泪，不由大吃一惊："妈！"

薛陆氏满脸挂着泪水，抬起头，擦擦泪，埋怨她说："你这孩子，跟着他们跑了，一点也不想着家里还有病人。七月子伤口，三天没有换药，又发烧了……"说着，自己狠狠打着自己的脑袋："唉！我这个脑袋怎这么死，一点也没想到，回家来看看他的伤口……"

大凤子一听说假七月子又发高烧，霎时脸色铁青，扑到床前，伸手在假七月子脸上一摸："七月子，七月子……"连喊数声，见假七月子什么也不知道，更为惊慌，揭开被子，放开假七月子伤口一看，只觉二目昏眩，四肢无力，瘫到假七月子床上去。

假七月子自从护房子斗争开始，他就下了床，拄着棍，白天伏在角屋上，观察敌人动静，指挥群众如何应对，和敌人展开生死斗争。晚上，他就挪到圩外，在群众中宣传教育，启发群众阶级觉悟，巩固群众斗争士气，发动群众，组织群众，奔来走去，三天三夜，没有合过眼皮。

一来劳累过度，二来伤口没有换药，发生溃疡，以致发了高烧。

大风子一见假七月子，烧得人事不知，也吓得三魂少去二魂，飞奔出门，去找沈长友和步权。

沈长友和步权，又将假七月子伤口重新换上药，陪着她们母女，坐在假七月子床前，直到深夜。

大风子趴在床前，挤干一条冷水手巾，敷在假七月子额上，忽见假七月子嘴唇颤颤，舌尖在唇边动了动，忙喊："妈！快！端茶来。"

薛陆氏慌张地端过茶碗，用匙勺舀了一勺白开水，灌到假七月子嘴里去。

假七月子喝了几口白开水，微微睁开眼睛，手略抬抬："凤姐，你，你告诉沈二爹……"

沈长友没有等大风子回答，抢上去抓住假七月子的手："我在这里。"

"告诉步权大哥，敌人，敌人……"

步权蹲在床前，探过头去："我们都说过了，各庄都有人守夜，一有动静，大家还是……"

沈长友将步权一抵："轻些，他又睡了。"

步权看看假七月子，已闭上眼睛，站起身，对大风子说："你要好好照顾他，再不要让他起来了，伤口要紧。我到庄上去，告诉大家，敌人是不会死心的。"

沈长友跟着站起身说："我也走了，一听到锣响，你们就拿着叉耙扫帚出去。"

沈长友和步权走后，薛陆氏和大风子仍坐在假七月子床前，眼睁睁地陪伴着。

一夜过去了，在第二天下午，张小三子没有背枪，也没有提锣，到了庄上来，见人也和气得多了，到处找人，想和人说说话，可是人们见了他，都是像见了鬼一样，多远就走开了。他只有在庄上走了一趟，又回圩子里去了。

一天过去了又是一天，圩子里仍是鸦雀无声，什么动静也没有。

五天一过，每人把拆房子这件事，慢慢撂到脑后去了。到了第七天的拂晓，圩里突然开出二百多黄狗和一百多还乡团，把南门外几十户小人家团团围住，在西南角杨墩子大土堆上，架起三挺机关枪，布下天罗地网。

薛陆氏一早起来，提着水桶到河边去提水，刚刚走到菜园边，抬头看到沈长友家屋后，有三个黄狗，抓着枪，往周步权家门前奔去，心陡陡往下一怔，呆呆站下，再定睛细看，满庄都是黄狗和还乡团，慌慌张张，奔来跑去。她扔下桶，回头就奔，跑到门口，正好遇到大凤子向外走，扑向大凤子怀里："乖，圩里下来人啦……"

大凤子刚刚起来，一边扣着纽扣一边向外走，见母亲脸色大变，不由得也愣住了，抬头向西南一看，心也扑通扑通跳起来。

孙在涛头戴豹皮风帽，身穿狐皮长袍，外披黑呢大衣，手拖龙头文明棍，领着十几个卫队，一摇二摆，来到张学书家门前，忽然站下，抬头向四边一看，举起手中的文明棍，向张学书家指指。保长张学海，领着十几个自卫队，如狼似虎，伸脚踢开张学书家的大门，冲进屋里去，将张学书拖出来，狠狠往场心一掼。

张学书病在床上好多天了，只穿一条破蓝裤，光着上身，躺在地上，战战兢兢，抬起头来，看看这班恶神，连连磕头求饶："大，大太爷，我是有病的人，望大太爷开恩……"

张学书的老婆张羊氏，在屋里也号啕起来。

孙在涛恶狠狠地看了张学书一眼，拔出腰中的手枪，对空打了三枪。

一转脸儿工夫，前后三庄的黄狗和还乡团，扛着抓钩、铁叉、拖耙、大锹，押着男男女女拥进张学书门口，团团围在场上。孙在涛把文明棍往地上捣捣，黑壳眼镜里，黄白色的眼珠子，连翻几翻，仰起头来，轻轻冷笑了一声："呵！呵！孙悟空大闹天宫，也是一时兴隆，他到底不能倒转乾坤……你们这些无知的东西，都受了'共匪'的赤化，胆敢抗拒国军拆房子命令。谁领头的？站出来，站出来！"狼嚎一般，狂叫了数声，见无人出来，掉过头向张学海说："动手，替我统统把它烧光！"

张学海提着盒枪，把手一挥，领着十几个还乡团，冲进张学书家屋子，见张羊氏抱着孩子，在屋心放声打滚大哭，伸手一把抓住张羊氏的后领，连拖带拉，拖出大门。向还乡团号叫一声："放火，用炸药炸！"

被押在场上的人们，一时措手不及，个个惊呆住。张学书跃身跳起，磕磕绊绊，蹿到门口，抱住张学海的两腿，扑通一声，直蹶蹶地跪在张学海面前，苦苦哀求着："你，你……你与我一娘所生，你要……"张学海手里盒枪一举，哒哒哒三下子，张学书两腿翘翘，胸口如茶壶嘴一样，鲜血喷上天空，两只眼睛向上翻翻，挤出眶外，嘴张了几张，没有喊出声来，直腿直脚，躺到地上去。张羊氏抱着六个月的伢子，扑上去抱住张学书："我的天哪……"哇啦一声，昏倒在血坑里。七岁的小花子，抱住妈妈的头："妈！……"也滚到她爸爸怀里去。在敌人刺刀下的人们，一见如此情形，有的捂着脸哭起来，有的摩拳擦掌，怒睁着双目，直瞪着孙在涛，恨不能扑上去活活咬死这条毒蛇。

孙在涛看看地上的血水快流到场心，把手里的文明棍向众人一指："谁还站出来？"

周步权在人群里，挥舞起拳头，怒吼一声："你用机枪，统统打死我们吧，我们是不……"李成功在他身后，一把捂住他的嘴，拼命把他往身后拖。

孙在涛仰起头，冷笑一声："嘿，我看看你这个三头六臂，到底有多大的能耐。"把棍一指："拖出来！"

三个还乡团，穿进人群，直奔周步权扑来，小团子把胸脯一挺，大声吼起："不怕死的都站出……"一个还乡团飞过一拳，打在他的腮上，只见他摇晃了一下，倒下去，接着扑上两个还乡团，捺住他。

沈长友在人群里，一见步权和小团子被还乡团捆起来，挥去身上的破棉袄，拍着胸，跳出来："我不要这条老命啦！"

薛陆氏在后抱住他："这是人家的天下，不能往枪头上碰……"

忽听一声炮响，霎时火光冲天，哭声四起。

十 五

活人塘飞出一场大火，烧得圩外几十户人家地塌土平。几百个难民，上至七十六岁的老奶奶，下至两个月的伢子，一摊上无片瓦的人，都被敌人集中到杨墩子，搭起几十个小草棚，编起特别甲。

保长张学海因拆房子有功，做了乡队长。在杨墩子前边，筑起一个小土圩子，盖成七星碉堡①，他带三十一个自卫队住在里边，把特别甲的人，上至六十，下至十五，不分男女，编成守夜队；十五岁至七岁，六十至七十，编成老幼混合组。在圩子南边冯庄小石桥旁边，搭起一座检查棚，每天太阳一出土，老幼混合组上班，不分男女，走到小桥口，耳朵眼都要检查。太阳落土由守夜队接班，野田里雁叫一声，都要向圩里报告，有动静就敲锣，看到人影便喊捉拿民兵。有一天日里沈长友在站哨，来一个二十二三岁的女人，打扮得十分妖艳。沈长友不好意思在她身上搜查，只马马虎虎在她身上摸摸，放她过去。哪晓得这个风骚女人，走过岗哨，即从裤裆里拔出一根乌润润的小手枪，向沈长友胸前一指，大喝一声："不要动。"把沈长友吓得目瞪口呆，举起双手。闹了半天，原来是圩子里派下来的一个女探子，有意来试探他的，结果加上"检查不严"的帽子，将沈长友带进小圩子，坐了七天大牢，

---

①七星碉堡：七个碉堡排列得如同北斗七星一样。

还罚十排子弹，从此不管何人，只要派去站哨，再不敢疏忽了。

自从杨墩子小圩子往起一筑，特别甲的担子一天重上一天。圩子里火草、灯油、菜金、洗澡、剃头、穿衣吃饭、枪炮子弹，一切费用，各家加重了一倍，搅得特别甲不冒炊烟。

老百姓有句俗语："正月富，二月穷。"特别甲从二月开始，就是你家没吃他家没烧，一家动锅，全甲碗响。度到三月底，全甲再也凑不出一碗粮了，家家抱起大棍，东讨西要，求乞度日。

薛陆氏披着头，赤着脚，满脸长起蝴蝶般的土斑，膀子瘦如芦柴，拖着讨饭棍，一走一哼，从小南舍提回一瓦罐子秣秣粥，走到门口，轻轻推开芦笆门："凤子……"

假七月子躺在铺上，正合起眼来，忽听叫凤子，猛然惊醒，睁开眼来，定睛一看，见薛陆氏走进门来，忙从地铺上坐起来："妈！我伤好了，明天我也出去跑了。"她把脸一冷，放下手里的饭罐，生气似的说："好了好了，昨天伤口还出脓，我不要你起来。"说着，便摸过碗，从瓦罐里倒出一碗秣秣稀饭，送到假七月子面前。

假七月子双手接过碗，捧在手里，呆看着，不禁沙沙流下泪珠："妈，我吃不下去。"又放下碗来。

薛陆氏见假七月子放下碗不吃，站在一旁，默默地叹了口长气，在铺边坐下，一阵心酸，也滴下几滴泪珠："孩子，妈妈见你受苦，心怎不疼呢！妈也是没办法……"假七月子往她怀里一倒，伸手抚住她的嘴："妈！妈！你看看我的心，快从口里跳出来了。妈，你拖着病，东庄讨到西庄，讨回来养活我这个无用的人，我怎么报答你呢？我就是做牛做马也报答不了你的恩情。"

她将假七月子往胸口搂搂，双手在假七月子头上亲热地抚摸着："乖乖，不要说这些，你不是为着我们大家，何必要在这里忍饥受饿呢！"说着便抽噎起来。

假七月子见她哭了，欠身坐起，理起袖子，在她脸上拭拭："把眼泪揩干，活人塘的灾难，雪上加霜的日子还在后头。慢慢熬吧，太阳总会出来！……"突然大凤子在门口叫起来："妈！你怎么又让他坐起来？"假七月子抬头一看，见大凤子提着小桶，气哺哺地站在迎门，忙回答："不是妈妈叫我起来的，我的腰实是睡硬了，自己坐起来的。"大凤子瞪瞪眼睛，把桶往门旁一放，抢上来，双手卡着他的腰，狠狠将他捺到铺上："快睡下吧！"

假七月子躺下，问大凤子："碰到人没有？"

大凤子提过小桶，挠开桶底，从那夹层板里，取出一封信，送给假七月子："金林大哥一再关照，要你不要出头露面，说你在群众面前讲话太冒险，以后不能这样做了。"

假七月子点着头，表示接受这个批评，又拆开信，仔细看来看去，最后递给大凤子说："放到火里烧掉。"

大凤子将信揉揉，扔进锅塘，走过来问："怎么说？"

"他们同意，送二百块进圩子，把步权和小团子赎出来。"

"钱呢？光说也不拿钱来就能赎出人来了吗？"

"这事不用我们问，金林大哥他们自己有办法。"

"老说有办法，一个多月了，还没见人回来。"

"你去告诉沈二爹，明天人一定放回来。"

天刚一亮，沈长友便拄着棍，来到薛陆氏家找假七月子说："七月子，人还没回来啊！"

大凤子没等假七月子答话，抢上来说："二爹！你老放心，今天一定会回来的。"

"孩子，不是我不放心，听说小团子在里边受罪不轻啊！有人说膀子被吊断了,又有人说腿被杠子压折了,哪知怎么样呢?”

假七月子支身坐起:“二爹!我们早派人进去打探过了,膀子没有断,腿也没有折,不要焦急。”

“他妈眼都哭瞎了,你教我有什么办法呢?”

假七月子说:“你老多劝劝沈二奶奶,哭有什么用呢?眼泪淹不死敌人的,只有记住这笔账和这个仇,更坚决勇敢地和敌人斗争,和敌人算清这笔账才是……”薛陆氏慌张地跑进棚子:“张小三子啊!”

张小三子肩上背一根卡宾枪,领着两个自卫队,提着破锣,呛呛呛,一路敲到她家门口,大声喊道:“薛大寡妇,壮丁费下来了,没丁的五斗八升,今天……”抬头一看,见沈长友坐在假七月子铺上,把手一指:“你在这里干吗?”

沈长友勒起眼来看看:“串门子也犯法吗?”

“呸,我早就招呼你,你是‘匪’属,要放规矩一点,不准东家串到西家,快替我滚,再看到你乱跑,就抓起你来。”

“那还不随你!当解放军的也没有杀人。”沈长友说着,便走出门去。

张小三子勒着叫驴眼,看着沈长友的背影,突然又喊道:“回来,回来。”

“回来就回来……”沈长友喃喃地转回身来。

“告诉你,你家在丁,八斗五,马快送到圩子里去,如少一粒,外加一倍,还罚十排子弹,三套军衣。”

“好啦,虱多不痒,债多不愁,越多越好啊!”沈长友站在门外,满不在乎地答着。

“不是好不好,你要站脚就拿出来。”张小三子咬牙切齿地说着。

沈长友向他冷笑笑:“三老爷,我可以走了吧!”

张小三子斜着眼，看看沈长友，把手一挥："嘿，我得告诉你，不要阳奉阴违，小心你的脑袋。"

沈长友将头晃晃："脑袋，明长在头上，三老爷实在要，也只好如此。"

张小三子两眼勒有鸡蛋大，看着沈长友走远，转身气冲冲地走向假七月子床前，对薛陆氏喊："你在庄上兴风作浪，煽动人抗捐、抗税、反对拆房子，还领人到圩子里去喊冤……"

薛陆氏一见又进来两个自卫队，怕他们看破假七月子，急中生智，拼命一头扑过来，破口大骂："喊冤，是我领头的，捐税逼死人，是我骂的，你们这些牛头夜叉，你们这些没良心的汉奸，你这催命鬼，万恶的判官，我到十八层地府也要骂你……"

张小三子被薛陆氏骂得狗血喷头，蹿上一拳，将薛陆氏打得坐到地上，大声喝道："把她捆起来。"薛陆氏骂得更凶了。

大风子用被子盖起假七月子，对张小三子说："走，我和妈妈去，

是我领头的。"

张小三子推开大凤子，绑起薛陆氏，吆喝着："走！带到圩子里去。这个老妖怪，看你头上长几个角。"

薛陆氏挺起胸脯："走就走，判官，恶鬼，总有一天，会见天日的，会和你们这些小鬼阴差算清这笔血债的。……"一路骂出门去。

大凤子奔出门，发疯似的，大喊一声："妈妈……"扑上去，紧紧抱住母亲。

张小三子举起枪托，甩起一下，把大凤子打昏，倒在地上，赶上又踢了三脚，大声喝着："走！"

薛陆氏一路上，被拳打脚踢，押到活人塘去了。

假七月子奔出门，抱起大凤子："凤姐！凤姐……"

大凤子躺在假七月子怀里，悠悠苏醒过来，突然又叫起："妈妈！……"翻身滚下地，哭得死去活来。

假七月子坐在那里，看着大凤子滚来滚去，两眼也滔滔流着热泪："人活着，就是为着斗争。"

大凤子支身坐起，揩干了眼泪，呆看着假七月子："我薛家，和孙在涛仇有腰深，带到活人塘去，十有九死……"

假七月子沉思了好久："你去找成功，赶快和金林联系，把今天的事情告诉区里，请示区委，我们一定要斗争下去，也只有斗争我们才能生存。"

大凤子站起身："你……"

假七月子说："你去，我自己会照顾自己的。"

大凤子掸掸身上的泥土，转身便走，假七月子喊道："告诉金林，步权和小团子，敌人今天还没有放出来。另外，妈妈的事，要他们赶快想办法。"大凤子只是将手向后挥挥，表示她已知道，飞奔着去了。

假七月子坐在门前，见大凤子已走远，又回到铺上来。

他躺在铺上，默默沉思着：妈妈到了活人塘，孙在涛会怎样对付她呢！孙在涛逼死过她的丈夫，霸占过她家土地……她在千人大会上，诉过苦，控告过孙在涛，仇人见了仇人面，会怎样呢？……他越想越感到薛陆氏这次进了活人塘凶多吉少，越想越怕薛陆氏这次进活人塘有性命的危险……这时沈长友偷偷溜到他门前叫一声："七月子，小团子和步权回来了。"他翻身坐起，见沈长友已溜走，只有又躺下。

太阳渐渐落下西山，小棚子里一阵昏暗过去，从芦笆缝里又射进亮光，照到他的床上。他迎着初夏的月光，沉思着，沉思着，合上眼皮，仿佛看到一个女子，与他差不多高，走到他床前，轻轻对他说："我睡在血坑里三个多月，浑身骨头都冻硬了，我不能再睡了，我要起来，我要跳出活人塘……"他傲身坐起，沉思了好久，方知他原是在做梦。

大凤子轻轻走进来："七月子，没有找到成功，我自己去了，什么都告诉了金林。他带一个信给你，说你一看便知，你看……"慌忙从辫子里取出一个纸团，塞进假七月子手里。假七月子理开纸团，擦根洋火照照，乘着火光一闪，看到纸上"吸取教训，建立党组，领导抗捐"十二个黑字。一口吹熄洋火。立刻将纸条揉揉，往嘴里一摺说："凤姐，你睡吧！小团哥和步权放出来了。"

大凤子听完了这几句话，在他身旁坐下，轻轻叫了声："七月子。"

假七月子扭过头，乘着月光看看大凤子。她那双水汪汪的大眼睛，痴呆地看着他，告诉他，她的心完全交与他了，她的一切都寄托在他的身上。她离开了母亲，怎么能睡得着觉呢？假七月子看出大凤子的心情，又能怎样给她安慰呢？他轻轻叫了声："凤姐！"身子歪到她的脚头去。

大凤子见假七月子在脚头睡下，拉起被子，帮他盖好，也在他脚头睡下。

十 六

假七月子在大凤子脚头，怎么也闭不上眼睛，一忽儿想起那梦中的真七月子，说她睡在血坑里，骨头冻硬了，她要跳出活人塘，一忽儿又自语，轻轻在念着纸条上那十二个字："吸取教训，建立党组，领导抗捐。"他念着想着，想着念着，忽听大凤子喃喃在说："七月子，七月子，你不会忘了妈妈吧？妈妈的心都交给你了，我……呼！"假七月子翻身坐起，侧耳听了半天，不禁激动得流下泪来："凤姐，是在说梦话吗？不！这是她心里话，妈妈把我当着心尖上一块肉……"他扶着铺头一个小凳子，轻轻爬到门外一摊草上，迎着暗淡的月光，对着东边杨大坟，呆呆地望着那个真正的七月子埋的地方。

大凤子睡得迷迷糊糊，用脚探探，脚头人没有了，骨碌坐起，伸手一摸，铺上空空的，跃身跳起："七月子，你……"

假七月子听到屋里大凤子慌张的声音，在外边喊了一声："凤姐，我在这块！"

大凤子跑到门外，以埋怨的口气责备假七月子说："你就未听沈二爹说吗！你要好好把伤养好，你跑出来坐到这风头上，你是成心……"

"不！凤姐，我心里难过，我要出来换换空气。"

"你就不知道，有多少只眼睛，都在看着你。"

假七月子拉过大凤子手："凤姐，你坐下。"

大凤子在假七月子身旁坐下。

"凤姐,你知道,房子为什么被孙在涛拆掉吗?"

大凤子对着月光,沉思了半天:"他有兵,有枪杆子,你有什么办法能挡住他不拆呢?"

"你看这次壮丁费,不交能行吗?"

"家家烟囱都不冒烟了,哪还来钱交捐费,要么他就把人一个个都杀光。"

"大家还能起来抗捐吗?"

"抗!房子没抗住,还……"

假七月子摇摇头:"不!凤姐,拆房子斗争,失败了,是我的罪过。由于我没有斗争经验,没有在群众中建立组织,在群众中缺乏核心骨干,思想麻痹,中了孙在涛缓兵之计……"

大凤子愣住,呆视了他好久,自语着:"建立组织,核心骨干,麻痹……这次你千万不能出头露面了。"

"凤姐!这次抗捐运动,我们要领导起来,一定要接受拆房子的教训。抗捐能胜利,妈妈也就有救了。"

"不!你一定要答应我,要抗捐,我领头,就是龙潭虎穴,我保证领头跳。"

"不!你们七个人入党的请求,区委已批准,批准我们成立支部。这次抗捐,由支部来领导,领头的是共产党员。"

"你说吧!拿刀拿枪,决不退后。"

"这是在敌人肚里进行斗争,不是和敌人动刀动枪,要用软拖,硬抗,把圩里圩外统统联合起来,和敌人进行合法斗争。你去告诉成功,通知步权、小团子、大顺子、小三妈他们,明天上午,各人提着篮子,到小李庄去讨饭,在小李庄东北大沟里,开支部会。"

大凤子站起身："你回到屋里去，我去告诉成功。"

假七月子点点头："你要小心，不要被敌人发现。"

大凤子走了，假七月子仍坐在那摊草上，痴痴地对着月光沉思，东边渐渐发白了，他仍伏在那里呆想。

壮丁费条子下来三天，圩里圩外就闹了三天不安，第四天张学海叫张小三子，提着锣，扛着枪，出来催捐。张小三子气汹汹地来到李成功家门口，勒起嗓子高叫一声："成功，你家壮丁费啊！"

李成功年龄不到三十岁，性情温厚，说话慢声慢语，做事也非常稳重，他从小棚子里出来，顺手在门旁端过一条小板凳，弯着腰，满脸装出笑容，迎上米："三哥！来家坐坐……"

"不是坐，壮丁费忙齐了没有，忙齐了就快快拿来。"张小三子横眉瞪眼，气汹汹地说。

李成功伸手拉住张小三子："三哥！你是庄上人，光着屁股就在一块长大的，谁家坛里有多少米，哪家罐里有几粒盐，你还不清楚，请你到我家里来看看，你看哪样值钱的，请你自己挑吧！"

张小三子把他手推开："我不管你这些，吃不成饭也要缴壮丁费。这是淮上(淮上是指淮安县)的命令。"

李成功搂起衣服，拍拍肚子说："你来听听，肚子饿得咕叽咕叽响，三天了也没有一口开水下肚，哪还有钱来缴壮丁费呢？"

"成功，我们都是十亲九故，今天得把话说明，不交出壮丁费，不要怪我张小三子目中无人哪！"

"三哥！我还能教你为难吗！我跟你去就是了。"

"我要的是钱，不是人。"

"逼着我上吊，也得让我喘口气。"

"少说废话……"

"国军教我们死，也要让我们慢慢死啊！房子拆了，田收回去了，租子也倒算过了，剩下几个干人，哪个还出得起捐啊？要人我们都去。"这时，几十个小棚里的妇女，一条声地围上来。

张小三子双脚一跳，站到小凳子上，勒起豹子眼："哪个大胆，敢出来抗捐，跟我到圩子里去讲，看你们这些女人，呱啦呱啦像一群鸭子似的。"

"去就去，早死迟死一样，反正都要死在你们手里。"

"走！有种的，全跟我去。"

"去，去！老娘怕你们这些龟孙王八，就不是人养的。"

张小三子把卡宾枪在天空晃晃："这是美国造的，它可不认人啊！"

李成功走上去，拍拍张小三子的肩背，半开玩笑半辱骂道："小三哥，你也是出世就拖讨饭棍的人，穷人是知道穷人苦处的，讨饭还能出得起捐吗？小三哥，养儿养女的人，总得有个良心。再说一句吧，你的祖上也是我们中国人……"

张小三子被李成功软软骂了几句，一时回不出话来，脸色霎时红红地说："我也未说你们出得起，我不过也是混饭吃的，望我吵有用？"

李成功见张小三子态度软下来了，也就顺水推舟，改变口气："唉！不是向你吵，请你回去替我们美言一句，抬抬手就饶过我们了。"

"好，我不要了，你们去跟乡长讲。"张小三子说罢，把枪一背，无趣地走了。

壮丁费催讨一天紧似一天，眼看用软抗不行了。假七月子便找来小团子等人，支部开了紧急会议，大家一致意见，决定发动群众，与敌人展开抗捐斗争。会后大家便分头活动，成功混进圩子，通过亲朋关系，组织街道居民，参加抗捐斗争。小团子和大顺子以及大凤子等人，分头到各庄，进行个别串连，发动群众，组织教育，领导群众斗争。

各人接受任务后，立刻便行动起来，在第四天的一早红霞满天的时候，特别甲里好似火山爆发一般，一致喊出："我们没有钱缴捐，要人有命，我们到活人塘去，和孙在涛讲理……"前后几庄，都同声应着："走啊，我们要斗争，我们要跳出活人塘！"

大凤子和小三妈，领着妇女，头顶着锅打头阵，走在队伍最前边。小团子和大顺子，领着男子汉，扛着板凳桌子，棍棍棒棒，走在队伍中间，打二阵，沈长友领着老头老奶奶小孩子，在后边摇旗呐喊，助威压阵。假七月子隐藏在周步权身旁，亲自指挥，率领群众，拥向杨墩子小圩子。

前队快到圩门口时，突然从碉堡里砰砰打出两枪。张学海提着盒枪，站在碉堡顶上，挥手号叫着："不准前进，站住。"

大凤子走在队前边，挺身而出："我们是讲理的，我们房子被烧了，饭都没有吃了，哪里还有钱来缴壮丁费？"

"来一个！"

"要蹲牢都蹲牢，反正在家也是饿死！我们拿东西来抵钱的。有牢大家蹲，我们活不下去了。"乱七乱八，一喊一条声，跟着大凤子拥进圩子里去。

张学海怒气冲冲，奔下碉堡，大声吆喝着："这是国捐，谁敢违抗，都抓起来……"小三妈和张羊氏，放下锅，过去紧紧抓住张学海的衣襟："你用盒枪把我们都打死吧！活着也是饿死。"二十几个老奶奶，随后也奔上去，团团围住张学海："我们和你拼了，你有种就打吧！"

张学海一见男男女女都围上去，要和他拼命，吓得直往后退："这……"

周步权突然在人群里，挥手大叫着："你升了乡队长了，就不要老百姓吗？我们到淮上去，讲讲道理，如说国军不要老百姓了，我们情

愿和你手拉手跳闸。"

"去,你和我们一起去跳闸!"几十个老奶奶,都伸出手来,紧紧拉住张学海不放。

张学海一看势头不妙,在人堆里想溜也溜不掉,手里的盒枪,光在天空晃动,不敢开枪,只有板着脸,驴叫似的喊起来:"好好,这捐是孙大太爷派下来的,你们要讲理,派出代表来,跟我到集上,当面去和孙大太爷讲……"

周步权没等张学海话落音,竖起拳头喊:"到阎王老爷眼前也不怕,教我们死就痛快些! 刀枪随你便吧!"

大风子和小团子同声喊起来:"我们都去,都到活人塘去,和孙在涛讲理,问他要不要老百姓了。"

周步权扛起一张梳头桌子,跳上土墩,双手把桌子举在半空,晃动了几下,雷一般地吼:"各人把东西扛起来,走! 到活人塘去!"

几百号人同声吼起:"走! 到活人塘去讲理,到天边也要讲理,就是蒋介石来,把老百姓都杀光,他还做得委员长,他吃屁吗……"男男女女,扛的扛,背的背,拖着张学海,一路吵吵嚷嚷,拥进新河集的南圩门。

一进新河集南街,遇上几十个保安队,端着枪,拦住去路,不准前进。正在双方要动武的时候,街里一声喊:"孙在涛不让我们活下去了,我们要和他讲理……"李成功领着街道上的百十号男女,从敌人背后拥上来。

几十个保安队,一见背后又喊起来,个个都惊呆了,正当敌人慌乱的时候,周步权和大风子领着头喊:"刺刀吓不倒真理,我们要活命,要讲理,走! ……"拥过敌人的阻碍,和街道上的群众会合起一支抗捐的洪流。

张学海乘群众混乱的时候，玩一个后门溜，钻进孙在涛的乌龟壳里去，再也不露出头来。

大凤子领着群众，拥到孙在涛的门前，一见大门关得紧紧的，四周墙头上，都拉起铁丝网，架上机枪步枪，更是火上心来，手指门楼骂："孙在涛，你这个杀人的魔王，快快出来，我们要和你讲理……"

几百条声音同时喊起："孙在涛，你这蒋介石的龟孙，杀人的屠夫，你这个日本鬼子的汉奸，美国的走狗，出来，出来！……"

几十个自卫队，头戴钢盔，手端步枪，伏在墙头上，伸出刺刀，阵阵寒光，在人眼前闪灼。

几百个人，大大小小，围在孙在涛门前，吵的吵，骂的骂，叫的叫，喊的喊，一直闹到天黑，还不见乌龟壳里伸出一个人头来。大家把些板凳桌子，往露天地一架，睡在赤地上，过了一夜。到第二天早上，仍不见有个鬼影子出来，假七月子便和大家一商议，在斗争中进一步发动街道群众，响应抗捐，当即组织了百十个老奶奶和小孩子，由大凤子率领，拿起碗，拖着棍，沿街讨乞，挨家逐户去诉苦喊冤，号召群众，起来抗捐，与孙在涛斗争。一连喊了三天，把圩子里的老百姓都喊起来，连保安队里一些当兵的，也被哭动了心，自动跑来参加他们的抗捐斗争。他们的队伍壮大了，由几百人滚起上千人围在活人塘周围，大喊大骂，要孙在涛快快爬出来。到第四天上午，孙在涛看苗头不对劲了，打电话给保安队王大队长，电话线早被群众割断，想派人到淮上去求救，又无人敢冲出大门。他只有战战兢兢，爬上门楼，伸出龟头，装着鬼脸："乡亲们，特别甲的壮丁费，本人已向淮上求情，缓期……"大凤子在人堆里，突然喊起来："我们不上当了，情愿一刀死，不受零剐罪，你把机枪架起来扫死我们吧！"

周步权指着孙在涛责问："孙大胖子，你还想玩你的鬼把戏。上

次拆房子,你也说从淮上求下情来,不拆了,把我们骗回去。几天一过,你亲自带领几百号人,杀了人,烧了房子,把几十家烧得房塌土平,几百号人无家可归。你还不称心,又抓了我们好多人来,每人罚一百块大头,你把老百姓的血都吸干了,还要来逼人的骨头屑。你这个没心肝的,黑心肠的汉奸,你不把圩里圩外的壮丁费全部免了,我们就和你拼了!"

"和他拼了,要死一同去死!"成千人同声吼起。

"好好,你们都……都回去,不交了!"孙在涛一见群众那春雷般的吼声,更加胆寒了。

"这是骗人的,不交壮丁费,为什么不放出薛大妈来?把人放出来!"小团子又带头喊起来。

"你们回去,马……马上放,马上一定放出人去。"孙在涛的心在颤抖,嘴里还在假仁假义地讲,想把人先骗回去。

"要死死一块,要活活一堆,人不放出来,我们不走。"周步权又在人堆里喊。

孙在涛一张嘴,就被成千人的吼声压下去,他气得好似狗熊一样,夹起尾巴,低下头,沉思了好久,闭起眼睛,挥挥手:"放,放……"

十几个自卫队,突然拉开铁门,猛将薛陆氏往外一推:"关,关!"把门闩起,又加上三道铁档。

薛陆氏满脸血肉模糊,遍体鳞伤,衣服破碎,奔向人群,挥手怒吼:"大家当心,不要上当,孙在涛在前门假装仁慈,免去壮丁费,放出人来,从后门派出兵,来杀我们!"

孙在涛一见诡计失败,号叫一声:"把她抓回来!"咬牙切齿地奔下门楼。

几十个自卫队,端着雪亮的刺刀,从他们背后冲上来:"走开!一个个打死你们……"

大凤子眼看敌人的刺刀,明晃晃戳过来,毫不示弱,挺起胸,迎上前去,大喊一声:"你戳死我!"男男女女,都跟着她一拥上去:"把我们都戳死!"几十个自卫队,被围在人堆里,吓得拼命向门楼上喊:"不能开枪,不能开枪……"群众把几十个自卫队连人带枪都快挤到天上了。

孙在涛又匆忙奔到门楼上,一见几十个自卫队,被群众一拥而上,团团围住,挤在一起,打也不好打,叫也不好叫,急得在门楼上直转直跳。正在慌成一团的时候,忽然看到南街冲过来百十个保安队,孙在涛狗仗人势,在门楼上又翘起尾巴,放声号叫着:"打!统统扫死这些赤匪。"

砰砰砰……传来一阵机枪声。

周步权举起木杠,大吼一声:"活人塘杀人啦!拼上前去!"大街小巷的人群,从四面八方,迎着枪烟围上来。前边倒下去,后边又拥上来。

保安队一个士兵,从地上跳起喊:"哪个再拿孙大胖子这一百万块杀人钱就入他亲妈妈,叫他自己来!"另一个士兵,掉过枪头,对准门楼,砰!就是一枪,孙在涛陡得一跳,跌倒在楼梯口,翻身滚下,抱着头,直往里屋跑。

活人塘的抗捐斗争胜利了,群众斗争的决心,也添了百倍,连张学书的老婆张羊氏,一个蚂蚁都不敢踩死的人,这时也变成生死不怕的积极分子。

十七

薛陆氏在活人塘里遭受了无数折磨和苦刑，回家就得了"回归热"，病得十分厉害，一天到晚胡说八道，昏迷不醒，鼻里冒火，舌头发硬，性命万分危险。可是她，再也不喊菩萨了。

大凤子虽是二十来岁的大姑娘了，毕竟未经过大风大浪，一见如此，吓得直哭。假七月子的伤口，这些天跑来奔去，又起了变化，更使她没了主张。

周步权出外奔走，求医拜朋，想法为假七月子治伤。小团子东庄西庄，募捐借贷，为薛陆氏买药。沈长友和小三妈，坐在薛陆氏铺前，长吁短叹："唉！人灾抗过去，天灾又压上头，活人塘的苦难何时才得完，活人塘的人哪天才能跳出罪坑……"伴了两天三夜，薛陆氏出汗了，大家才喘出一口气来。

俗语说：三分吃药，七分调理。薛陆氏出了汗，一天只能喝三碗开水，何时才能把病养好。沈长友和周步权两人一商议，在庄上提出一碗粥运动，每天出去讨饭，一家带回一碗稀饭，养活薛陆氏和假七月子。

张羊氏丈夫死后，领着两个孩子过日子，小中子打"三日"①，舅奶

---

① "三日"：疟疾。

奶在淮口新菜园送来一块银元，教她为孩子看病。她拿着这块银元，在手里颠来看去，左思右想："如今我这一家，靠何人呢，孙在涛不死，我这母女仨，不是被饿死，早晚也是死在他的刀下……丈夫是死在张学海的手里，此仇就不报了吗？……"她抱起小中子，沙沙流下泪珠："中子，你哪天才能长大，为你父亲报仇啊！……"她放下小中子，偷偷跑到集上，称了五斤挂面，藏在草里，送给大凤子。

大凤子一见张羊氏送来挂面，非常惊讶："嫂子，你哪来的钱，你快……"

张羊氏拉过大凤子，轻轻对大凤子说："嫂子不是为着别的，我是为着他……"用眼梢瞄瞄假七月子。

大凤子又拿过挂面篮子，塞到她手里："小中子也在生病，你拿回给小中子……"

她双手推回大凤子手："小中子这两天好些了，你一定要听嫂子话，把它收下。不是我送礼来给你的，是大家的眼睛都在看着七月子弟弟，他能把伤口早日养好，领着我们跳出活人塘。……"

"不！嫂子，不管你怎么说，我不能收。……"

张羊氏把篮子在门旁一放，急转过身，头不掉地跑了。

大凤子站在屋中，痴痴看着张羊氏的背影。

假七月子躺在铺上，侧起耳朵，出神地在听着张羊氏和大凤子的谈话，当他看到张羊氏突然扔下篮子转身而去，不禁两眼流泪。

他躺在铺上，细细在回想，心如刀绞。他觉得，上级党要他在这里领导群众斗争，他没有很好完成党交给他的任务，也有负众人对他的希望。他轻轻叫一声："凤姐，你来。"

大凤子走到铺边，为难地说："你看到的，我再三地不要，她硬放下来。"

假七月子伸出手，拉大凤子坐下："你去，把步权和小团子他们找来，我们今天晚上，要开支部会。活人塘的捐税抗过去了，春荒又压到我们头上，我们不仅要领导大家和孙在涛斗争，我们还要领导大家战胜灾荒。"

"金林不是说了吗，上级党已经拔下一部分钱来救济我们。"

"不！我们不能坐等上级党来接济，我们也不能光靠大家讨碗稀粥来养活，我们要领导大家生产，同时和两个敌人斗争。"

"这……"大凤子仍没有领会他的话意和精神，在一旁有些犹豫。

假七月子又继续说："凤姐！孙在涛，春荒，这都是我们的死敌，我们不打倒孙在涛，他要杀死我们，我们不战胜灾荒，一个个都有饿死的日子。我们相信孙在涛要失败，我们也有信心战胜春荒。"

大凤子站起身，再没有说什么，出门去找周步权和小团子来开支部会。

新河集的老百姓，在党的领导下，积极组织生产自救和社会互济运动，同时和两大敌人——天灾人祸，展开了斗争。

四月熬过五月来。

五月里来大麦黄，家家户户收麦忙，薛陆氏和假七月子也起了床。

假七月子挂着棍，家里跑到家外，急得团团转，不敢下地帮助群众收割。一来怕碰到生人，暴露自己，二来敌人这些日子调动频繁，三来薛陆氏病后，身体还十分虚弱，他要在家帮忙。

大凤子肩上背一篓麦穗子，手里提着一捆麦秸，压得腰弯到地，一步撑一步，慢慢往家背，满脸的汗珠子黄豆粒子大，直往下滚。假七月子与薛陆氏坐在门前，抱住一捆麦子，搓一把，擦一把，抱住麦穗子一把一把地揉，远远望见大凤子，被压得像骆驼一样。假七月子喊了声："妈！大凤姐回来啦！"摸起小棍，跛跛地迎上去。

大风子多远看到妈妈和假七月子坐在门前揉麦，心早气炸了，眼睛红红的，看也不看假七月子，气鼓鼓地把篓子往地上一扔："一个个都不想过了，刚好些，还没吃饱饭，就在外边东走西奔，弄犯了，又要把全庄人拖倒，你们到底是在与哪个拼的啊？！"

薛陆氏还没有注意到大风子的脸色，拉起青布褂，揩揩眼角上的灰土说："乖乖，穷人得病，哪里还能那样的讲究，妈妈实是睡不住，一年能有几个四月八。"

假七月子见大风子脸色不好，也忙向大风子解释说："凤姐，我是不让妈妈去拔麦的，她硬要把门东地里的麦把扛回来，我只好和她去扛了，只扛了二十几……"

大风子没等假七月子把话说完，勒起眼睛："是的吗？一个个都是好样儿的，不拖倒几个人不能拉倒！"

假七月子被大风子迎头一冲，低下头，走进屋子去。

大风子说了薛陆氏几句，倒没什么，哪知她把假七月子迎头说一顿，那还了得，薛陆氏霎时满脸火星直冒，鼻孔喷烟，指着大风子："你，你，你看你跟疯狗一样，逢人咬人，那伢子又怎么你了啊！你……"气得说不出话来。

大风子这时也感到后悔，她无论如何不应该对假七月子发态度，不禁滚下几点热泪来。

大风子在麦把上坐下，越想越感到难过。她后悔，她恨自己性情暴躁，她一辈子也不能忘记她对假七月子发过态度。她最后还是走到假七月子铺前，轻轻地对他说："七月子，你知道我的心，我不是为别的，不是我一人担心着你，庄上的穷人都在担心着你，大家都在看着你，要你做更多的事。你也知道，上级党要你掩藏在家里，不要出去乱走，你这样在外边走来走去，万一被敌人看出破绽，你教我……"

假七月子激动地站起，紧紧握住大凤子的手："凤姐，我知道你的心，你为着我也是为着斗争，为着我们一同活下去，为着我们的胜利，你坐下吧！"

大凤子坐下，脸上滚滚的泪珠，顺着鼻沟，流到胸前衣襟上。她从褂角里掏出一张纸条，往假七月子手里塞，轻轻说："大顺子送来的。……"

假七月子接过纸条，理开一看，高兴得跳起，奔出门外，扑到薛陆氏怀里，轻轻地喊："妈！你看，又是一个好消息，昨天圩里保安队到乔圩子去抢粮，被我们县队和民兵打死十几个，我们又打胜仗啊！"

薛陆氏本来气得眼泪滴滴，坐在麦把上怄气，一听说又打了胜仗，扑哧一声笑起来："真的吗？"伸手抢过纸条，一个字也不认识，还眼盯盯地看着。

假七月子坐在一边，高兴地说着："昨天一早，我坐在门口，看到西边公路上十六辆汽车，都是拖着麻布袋子，我就估计到，敌人一定是下乡抢粮的。"

大凤子也走过来说："金林大哥说，昨天的情报，要稍微退一步送到，那我们就要吃大苦头了。"

假七月子说："公路不是早破坏了吗，汽车也开不到乔圩子。"

大凤子说："他们还住在施荡，去迟了，他们就赶不上埋伏哪！"

薛陆氏插口说："刚才又过来三辆汽车，上边都坐的小蛮兵。"

大凤子忽然想起，小声说："对了，成功大哥带出信来，教你注意和金林联络好，这两天城里还有大队人马下来，可能是要大抢一番。"

假七月子惊讶地说："成功人呢？"

大凤子说："他还在集里，将底摸实了，马上就回来。……"只听咣当一声，三人都惊呆地掉回头去，看着屋后。

从屋后走来一个二十多岁的大帽子兵，满脸黑桃麻子，愁眉苦脸，走到小棚子门口，伸头向棚里张望，又扭回头，呆站在那里，两只夜猫般的眼睛，眨巴眨巴，死盯着大风子看。

大风子一见这个家伙，好似泥塑木雕的一般，直挺挺地站在那里，目不转珠地看着她，不由得满脸火旺旺地发烧，扭过身，捣捣假七月子，轻轻地说："一定不是好东西。"说罢假装去揉麦子。

假七月子上下打量了一番，也说不上这个家伙来到他家何意，特别看到这个家伙好像死了妈妈一样，满脸愁容，更摸不清他葫芦里卖的是什么药。他向薛陆氏眨眨眼，嘴一歪："妈！你瞌睡，家去睡睡……"

薛陆氏从假七月子的眼色知道是要她进屋去，便站起身，向大风子说："妈不睡了，走！大风子，跟妈快下地去吧！一麦抵三秋。……"

大风子忙说："妈，你在门口照应照应，我和七月子下地去。"

假七月子跟着大风子话音说："对！妈妈在家，地里只有三十几个麦把，我和姐姐去就行了。"抢先一步，跟着大风子后边，一步一拐地溜走了。

这个大帽子的兵，痴呆呆地站在那里，看着大风子和假七月子的背影渐渐远去，对着薛陆氏轻轻叹息一声，心里在自语："唉！我穿了黄衣服，就变成了鬼，老百姓看到我歪嘴眨眼，戳戳捣捣，溜的溜，走的走，我是前世作的孽。……"

薛陆氏见大风子和假七月子已走远，心里放下一块石头。轻松地出一口气，坐下去，一边揉着麦穗一边瞄着这个家伙，暗暗注意看他到底是有什么心思。

这个大帽子兵，苦着脸，呆站在那里半天，锁着眉，走到她背后，愣了愣，轻轻地问："大妈！你是怕我吗？"

她故意侧过耳朵，摇摆头："我耳朵有些聋。"

"大妈！你不要装聋作哑，你刚才不是说话的吗？大妈，我不怪你，你是怕我们……"

"不，不！我是……"

"大妈！我当兵也是走投无路……"他的眼睛红红的，滴下泪珠子。

薛陆氏一见这个中央军如此流泪，想他内心定有隐情，灵机一动，也抽搭着哭起来。

这个大帽子兵，见她流泪了，在她身旁坐下，沉默了好久，叹口长气："唉！"

薛陆氏扭过头，拉起衣襟，揩揩泪水："老总，你知道有个25军吗？"

"25军里有你家人吗？"

"老总，唉！我看见穿黄衣服的，就想起我的儿子大宝子来了。他已走了半年多，一去就音信皆无……"说着说着，哭出声来。

这个大帽子兵，抬起头来，同情地看看她："大妈！你的儿子多大了？"

"老总！他与你差不多高，今年二十一岁。二月初六，我帮他娶上亲，二月初九就被国军抓丁去了，至今一无消息，二不知死活，女人也被保长抢去做小了。他的十七岁的弟弟，腿上被枪打七个眼子，变成残废，一跛一跛，走步也不行！我白天想他，夜里为他流泪，我眼睛为他哭坏，我为他想出病来。……"她说到这里，突然呜哇呜哇地哭起来。

这个家伙，低下头好久，苦苦劝道："大妈！这样的人，也不是只有你儿子一个，有好多人是这样穿起黄军装的。"

薛陆氏忍住哭声，抽噎着说："老总，他七岁时，他父亲就死了，我守寡十四年，将他领大成人，刚刚为他娶上媳妇，他就被抓走。他随着国军从天南打到海北，他怎知道，他的母亲在家遭受了什么苦难呢？地主老爷把土地倒算回去了，把我的房子也拆了，赶到这个小棚子里，这是地狱啊……"说着说着又哭起来："我死在地主这地狱里连一根哭丧棒也没人拿！填坟烧纸，我靠哪个？他拼着性命，去打共产党，是帮了谁啊？帮还乡团来杀他的母亲啊……"越说越苦，越哭越痛心。

这个大帽子兵，坐在一边，聚精会神地在听薛陆氏讲她一家的苦难，听着听着，凄惨地哭出声音，双脚在地上一跺，挺身站起，发狂地捏起拳头，向天空竖竖，又无力地缩回来，仰面朝天，长叹一声："唉！天哪！到处都有人与我遭受同样的命运啊！……"转过身说："大妈，这是……"再没有说下去，就走了。

薛陆氏一边哭泣一边用眼梢瞟着这个大帽子兵的举动，见他渐渐走远，直奔圩子去了，心里一盘算："他莫非是被抓壮丁抓出来的，

他想家,他想……"站起身,跑下地去,把这件事告诉假七月子和大凤子。

薛陆氏这一天,家里跑到地里,跑累了,晚上睡上铺,满脸发烧,浑身骨头疼,在铺上翻身打滚睡不着觉。她侧耳听听,大凤子睡得又甜又香,只有假七月子好像还没有睡觉。她又停了停,听到假七月子也传出鼾声,便轻轻爬起身,走出门一看,天悄悄变了,沙沙刮着小雨星,慌忙回到铺上,推醒大凤子,轻轻地说:"凤子,你起来,与妈妈去把麦子抱来家,天下雨了……"突然觉得身后有喳喳喳的脚步声,掉头一看,见她背后站着一个上挂屋顶下挂地的黑影子,心里一惊,连头发都跳起来,扑通坐在地上:"大……大凤子……"

大凤子抬头一看,见是一个大汉,翻身一滚,蹿到门后,摸起一把镰刀,贴到墙上喊:"七月子,起来……"

那个大汉,一听屋里人被惊动起来,慌张地矮下身子,抱住薛陆氏的膀子,轻轻哀求地喊:"大妈! 你不能吵! 我是逃命的人。……"

"你是哪……哪一个? 半夜三更摸到我……我家,我家……"薛陆氏颤抖的声音,说不出话来。

"大妈,我是今天白天在这里的那个人,我是国军,大妈,求求你,你莫吵出去……"

薛陆氏一听他说话的声音,便知是日里在她面前流泪的那个人,故作惊慌:"啊! 你是国军,你到我家来……"

"大妈,求求你,你……"声音低得人听不见了。

大凤子在门后听此人说话的声音,便知不是坏人,放下镰刀,咻溜跑到铺上,对假七月子说:"他是国军……"

假七月子伸手拉过大凤子,嘴套在大凤子耳朵里说:"不吵,听着他说什么。"

薛陆氏听到这个人的颤抖的声音，装得更怕，试探这个人的真实来意。她坐在地上指手画脚地说："老总，做做好事，修功积德，我家被还乡团地主抢光了，只剩下一口破锅，你要提走了，我……"

这个人，直蹶蹶地往地下一跪："大妈，你定定神，听我说，我是安徽凤阳人，叫王怀仁，是今年正月被抓丁抓来的。我家有六十四岁的瞎妈妈，还有十七岁的妹妹，她们在家，上无片瓦，下无寸土，如今是死是活，我半点也不知。大妈！我那双眼失明的母亲，跟你一样想儿子，我求求你，救我一条性命，来世做牛做马也要报答你的恩情。"

"你……你不能害我，我是被冤被屈的寡妇娘儿，圩里知道，就把我这一家害苦了，你快回圩子里去。"

"大妈，求求你，我死也不愿跟国民党干下去，拿美国枪炮来杀自己的爹娘！我是开小差出来的，如若回去，不被活剐也要被活埋，大妈，大妈，救救我……"说着趴在她腿跟前，头磕得咚咚响。

假七月子把大风子一抵，轻轻地说："是开小差的，你去看看，他有没有枪。"

薛陆氏听他已说出真心话，转换口气说："老总，你，你叫我怎么救你。……"

"大妈，我父亲被国民党杀了，大哥被地主抓丁抓去，七年没有音讯，家里只有一个双目失明的妈妈。大妈，我要回家……"

大风子走过来，在黑地里，看到这个逃兵怀里还抱着一根长枪，伸手推推薛陆氏说："妈！他是被抓壮丁抓来的，想回家，你做做好事，可怜可怜他家那个瞎妈妈，想个法子，救他一条命吧！要不然，长官把他抓回去要砍头的。"

薛陆氏用膀弯子向后抵抵大风子："不是我不救他，这是性命攸关的事，我能见死不救吗？我也是脚站在锅边上，万一他的长官知道，这……"

"大妈，能有一套破小褂裤，把身上黄衣服换掉，我就能走了。大妈，不管怎样，我也不能昧着良心，恩将仇报。……"

"这……我家哪来你穿的衣服……"

大凤子在后边急了，抢上说："妈！救人一命，胜吃七年长斋，我去想办法。"说着就向外走。

王怀仁伸手一把抓住大凤子裤脚："不，不能，一走漏风声，命都没得啦……"

薛陆氏伸手拉起王怀仁说："你让她去吧，不会……"

假七月子唯恐薛陆氏脱口失言，抢上说："悄悄去借，不说干什么用的，你放心，你的命就是我们一家的命。"

王怀仁丢开手，拍拍怀里的枪："我准备找不到便衣，就自己打死自己，反正再也不跟国民党去杀人。"

薛陆氏摇着头："蛇虫还怕死，自己打自己就下得了手吗！不能，人生下来都是为活下去的。"

"这枪我是不能带走了。我要……"

假七月子插口说："这东西，带在身边，影子大，你交给妈妈，帮你藏起来吧！"

王怀仁一听这话，感谢不尽，忙从身上解下子弹，全盘托送给假七月子说："这都是美国来的。枪枪却都打死我们中国人，我看到它肺就炸了。小兄弟，不好藏，就把它烧掉，不能给外人看到，看到要杀头的。"

假七月子故意问："也不能对外人说了？"

"不，不能，千万不能……"

大凤子抱着衣服跑进来："找来啦！穿穿看。"王怀仁抢上接住。

王怀仁在黑地里，慌慌忙忙，换上便衣，伸手前后一理，向大凤子感激地说："很好，刚刚合身。"

假七月子在他身前身后，上下左右，打量一番，说："你走这块直奔东南跑，穿过三个野荡，过一条小河，那个庄上顶东头一家，是我的舅母家。你到他那里，就说是小跛子叫你去的，他一定会帮你的忙，送你回家去。"

王怀仁愣住："向东走，东边不是有解放军……"

薛陆氏抢嘴说："你就说是在……"

假七月子忙把薛陆氏一抵："我们这里，过去也住过解放军，解放军对开小差的国军可好哪！饿了给你好的吃，冷了给你衣服穿，还给你路费，送你回家。"

大凤子又补充说："解放军宽大，不枉杀人，你胆放大些，直起腰往那边走。……"

王怀仁和假七月子说罢话，轻轻往薛陆氏面前一跪："大妈，能有天日之光，回到家天天烧香拜你三拜，你是救了我一家的性命……"边说边磕着头。

大凤子在旁，伸手拉起王怀仁："天快亮了，我把你送上路。"嘴说着，轻轻把他拉出芦笆门去。

假七月子跟后赶出门，招呼大凤子："凤姐，走大坟南边插过去，上了大路，你就告诉他，奔那出太阳的方向走！"两个黑影子，在小雨地里，几闪几晃不见了。

十八

活人塘的兵又一天多似一天，特别甲一天更穷似一天，麦子收下，三捐两派，一个月以后，家家又是空大空，翻眼望屋梁叹气。秋收还未清场，又被孙在涛一扫而光，这时有些人，对长期坚持斗争发生了动摇，有的想远走高飞去逃命了。假七月子发现这思想之后，便召开一个支部会，决定仍用生产度荒的办法，通过外边关系，找到了门路，组织纺纱织布，捞鱼摸虾，生产自救，使几十户人家生活慢慢都能糊住了嘴。

月亮平南了，四面鸡不叫狗不咬，大凤子与假七月子还坐在门外，嗡嗡嗡地纺纱。小团子轻轻跑来，拍拍大凤子肩背，拉拉假七月子手，走到屋里，小声地说："情况紧啦，全乡又派下来十三个壮丁，我们这保摊四个，就要下来抓人啦！这次壮丁像个急的呢！"

大凤子插上嘴："我们特别甲这批壮丁费，要想法顶住啊！"

"不！不！张学海今晚在圩子里谈明了，叫有钱出钱，没钱出人，圩里大户派五石六斗小麦，小户一石八斗粮，人由我们特别甲出。"

大凤子震惊地问："我们特别甲出壮丁？！"

小团子说："看样子，早晚就要来硬抓。"

假七月子在旁边说："这风声几天头里，区里不就有指示的吗，国民党在山东、东北、西北，都打了大败仗，刘邓大军已打进大别山，蒋介石都慌了，估计他必有这一招，要大家防备。你们出去没有对大家谈吗？"

"上次开过会，青年人都到了，大顺子的意见，有的人先出去避避！"小团子以征求的目光，看着他。

假七月子慢吞吞地说："不要惊惊诈诈的，事情只要先有准备，就有力量抗的！你赶快把李成功找到，喊大家来开个会，再商议商议吧！我们已经到杀人的时候了！……"

"对对，周步权昨天也这样说，先下手为强！入他妈，就把毒蛇先揪掉！"

大风子咂咂嘴："七月子，祸不能搅大了。"

假七月子说："为什么？"

大风子说："领导上给我们的任务是组织群众，和敌人进行合法斗争，供给领导上情报，不是要我们在敌人据点里杀人。"

假七月子说："你不杀他，他要杀你。"

大风子说："你没想想，杀了人，暴露自己，你在这里就蹲不住了。到那时候……"

假七月子说："不！敌人已逼得我们坚持不下去了，我们就要来一个打人先下手，争取主动。"

大风子说："你要想想，这些人都是老百姓，各人不能把家抬走啦！"

小团子把头一斜："鬼呢，两个肩扛一张嘴，到哪块没饭吃！你舍不得这小棚子啦！要干就干它痛快些。"说完，就急急忙忙跑了。

假七月子见小团子跑走了，拉着大风子，走到门外，仰起头来一看，满天浮云如马跑，半明半暗的月亮，或隐或现，一闪一闪的。他掉过脸向大风子说："凤姐，你看，中饭后天变得满天黑洞洞，雷吼电闪，妈妈怕下雨。现在刚到半夜，在乌云里的月亮，渐渐又发亮，明天太阳会出来的！我们这活人塘的天也快晴开了！"突然活人塘里，"轰"飞上天一个照明弹，新河集街上的狗，汪汪汪地叫起来。

大凤子眼一花，往地下一倒，拉住假七月子腿："快躺倒，不要被看见……"

假七月子往草地上一坐，摆摆手："凤姐，胆放大些！前天从山东开过来咱们很多主力，圩里的疯狗都怕了，他是放照明弹壮壮胆的，他看不见人！"

大凤子伸头张望了一番，说："这照明弹，好像是在我家小棚子后边飞起似的。"

假七月子在大凤子脸上看看："凤姐，活人塘的灾，活人塘的苦人儿，已熬到出头的日子了。活人塘的死人刚想站起来，要跳出罪坑，你为什么迎头泼冷水，说松神话呢！现在是千钧一发的时候，你不杀人，人要杀你。你忘记爸爸与那大坟上埋的人吗？"

大凤子仰起头，看看天上的月亮，转脸望望新河集的活人塘和背后的大坟，眼红红地往假七月子怀里一趴，再也说不出话来。

他俩正团在草地上流泪，后边踏踏踏的脚步声奔来。他们掉头一望，小团子已走到面前，嘘嘘地说："人来了！"

假七月子把手一摆："到屋里去！"说着往起一站，又向大凤子说："凤姐，你在这里，一有动静，咳一声，注意杨墩子动向。"说罢就和大家到屋里去。

假七月子挤进小屋子，轻轻地问："人都来啦？"

李成功在人后答："就是小三妈到区里去还没回来，别的都来了，开吧！"

假七月子坐在人中间，先把区委对抗丁的指示念了一遍，随后提出早晚要抓丁的事情，大家讨论。李成功头一个提议说："抓壮丁是

火烧屁股,已经摆不下来了,只有跳出去干!"

周步权接着说:"杀一个少一个祸根!把张学海一干掉,活人塘就折掉一只膀子,哪天我就想下手揪掉的!干!"

小团子在后边挤进来把大腿一拍:"现在手到擒来,我在小冯庄喊四喜去放哨,冯三告诉我,狗入的今天晚上又从圩子里出来到小新娘家去,在街上喝得醉模糊汤的。去!"

沈长友老头屈下,不住咂嘴,假七月子推推他:"沈二爹,你的意见怎样?"他把眉毛皱皱:"马是坐在人家屁股底下,飞不掉,爬不掉,搬不走家,抬不走地,豁子撕大了,再想缝就难了!再说吧!反攻反攻,一下两下,多晚又反到我们这块啦……"

周步权在旁边,急得脸红脖子粗,没等他说完,迎头插上句:"看你这泼皮和尚,哪个不是脚面砌锅,踢倒就走,你还有大产大业吗?把你抓去往汽车上一捺,包你一辈子也想不到家呢!要就干……"

小团子跳起来:"只要我们不做孬种,有了枪杆子,还怕他!我们有家,哪个地主还乡团没得家啦!"

张羊氏耸耸肩背,对沈长友说:"人善被人欺,马善被人骑!拆房子时,小花他爷跪着向张学海央求,被几盒枪打死;抗捐大家齐心与孙在涛拼,一直闹到活人塘,孙在涛光翻眼。怕死必死!早死迟死一样,人留命过千年吗?"

李成功接着说:"对啦!他要我肝花,我就不得不要他五脏!我们这几十家,青年人就落我们这几个,要被他抓四个去,往后还有用吗,干!"

沈长友改过口来说:"嗳!我不是怕的,干,我在头里!我们光说到这晚,空手捏两拳,就能干吗?"

假七月子站起来,向大家脸上看看说:"只要你们都同意了,枪是现成的,我这里有一根……"转身到外面棚檐下,抽出一根烤蜡雪乌的美国式的步枪,到屋里把机球一拉:"你看,随十八排子弹,刚擦好,保证呱呱叫。"掉过脸说:"成功大哥眼前,还是新河集打火时候,埋下一把指挥刀,也很好。小团子哥家还有一根红缨枪。"

李成功接着说:"去干张学海还用得着这么多枪?!有一把刀就行哪!胆放大些。"

小团子抢过嘴:"要干就快些!……"忽听门外大风子:"咳!咳!……"

假七月子把大家一拉:"不吵,蹲到墙根去,有人。"说着,身子一闪,枪子弹推进膛,贴到门旁去。

大家正憋住气,提着心,趴在屋子里,只听大风子轻轻套着小棚窗户喊:"七月子,小三妈回来了!"屋里一块石头掉下地了,每个人叹口气:"唉!死丫头,把人吓死呢!"

小三妈抱着一个纸捆子,气喘喘地走进门来:"捷报捷报,连夜要贴出去,还有一封信呢!"

假七月子伸手接过信,拉起褂子:"成功大哥,把怀理开,擦根洋火……"信未看到底,一头站起来:"好啦!好啦!我们主力从山东开过来一个纵队,在盐城南边又打一个大胜仗,揪掉黄狗连死带活的七千多……"大家欢喜得直跳:"干!干!小瞎磨刀——透亮了!"

李成功问:"杀张学海区里同意吧?"

假七月子说:"区里同意你们几个人杀了张学海,立即撤出去,保存力量很重要。"

周步权跳起来:"干!"

假七月子见周步权嘴说就要走,伸手拉住:"大家不要急,商议好再动手!这是去杀人的,不是像耕田那样容易,挎起犁耙就能走的事

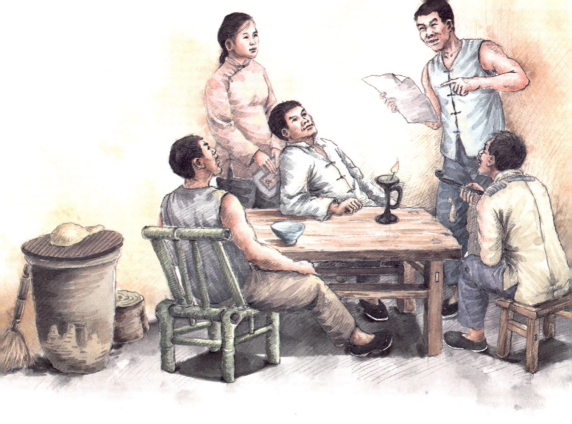

情，再蹲下来。"

沈长友冷冷脸说："是的吗，哪个拿枪，哪个进家，哪个在外面保水，都要计划好，就这样草鸡毛，能把人杀掉吗？鬼闹呢！"

李成功被他一说倒愣住了。周步权在旁边急起来，把眼一勒："唉！还做花呢！你思想实在怕，就不干，每个人都像你这样软叽咯托就成哪！"

沈长友经过几次牢狱的苦难，性情也变得暴躁起来。他一头跳起："我怕，敌人把我带出去枪毙七次也没说过一句孬话。"

假七月子伸手拉住："嗳嗳嗳！不抬杠子，还说正经事，蹲下蹲下。"大家的脸色又变过来了。

李成功把手里的枪一拍："这根枪给步权，在外边放哨，我与小团子进家，走！"

周步权抢着问："女的怎办？"

小团子头一斜："呢，'捉贼要捉赃，拿奸要拿双。'一刀两个，干掉算。"

张羊氏抢上说："不能，小新娘人家是好人，在家做到十九岁姑娘，一点污斑也没得。到这块刚三个月，张学海把人家男人抓去当兵，硬占去她！她是一个女人，也是有苦水说不出，千万不能杀她。再说吧，穷人娶一个媳妇是容易的吗？"

假七月子低下头，考虑了半天说："学书大嫂说这话不错，虎落深坑，你教一个女人有什么办法呢？女的不能杀，大家想想瞧。"

小团子接过嘴："就这样，就这样。"

假七月子拿过一捆捷报："那大家都同意了。现在我们分工。成功、步权、大顺子、小团哥，四人去动手干掉张学海；沈二爹、大凤姐去散捷报；小三妈、学书大嫂你们分头在庄上开会，教大家准备明天的暴风雨。事情干成功，向东南打一枪，你们六个人都到大坟上集合，我去和外边联系，在那里接你们。你们四人出去之后，活人塘里边的事一切放心，有我们几人负责好了！"

李成功一蹿到门外说："大家伙，大胆去干吧！"屋里人一齐拥出来，各干各的都走了。

十九

　　天刚一亮,在杨墩子西南圩角,一棵大柳树上,挂着一个血淋淋的人头,左边贴一张捷报,右边贴一张白纸写有鸡蛋大的字,布告不像布告,歌谣不像歌谣:

> 活人塘,出三怪,狼虎毒蛇把人害,
>
> 筑圩拆房盖碉堡,阳间搅成阴世界,
>
> 退田倒租派捐款,抓丁杀人如切菜。
>
> 穷人组织保命军,扛起钢枪除祸害,
>
> 杀蛇先杀地头蛇,揪死恶棍张学海,
>
> 要得永远脱苦海,斩狼杀虎换世界。

　　张学海被人杀掉,这消息一传出,新河集陀螺几里路的老百姓都欢喜得跳上天。前后六七个庄子,男男女女,如看把戏一样,漫田踏荒,络绎不绝,拼命往杨墩子奔。围在这棵大树底下的人,一层压一层,后面的人已看不见树上有芝麻大的东西。只听大风子在人群里,嗓子都喊哑了,一句一句在念:"华中前线二日急电:华中人民解放军于盐(城)南一举歼灭蒋匪'追剿纵队'整4师整51师七千余人,活捉匪整4师90旅副旅长张少亮以下三千余人,打死打伤51师113旅旅长以下四千余人……"人堆里一阵阵的拍手声,口号声,听下里把路。一

个六七十岁的老爹爹，在人堆里，把身子一立，三挤两晃，挤到树根，牙咬得咯吱吱，举起手里大烟袋，在血淋淋的人头上敲敲说："遭殃，遭殃，比狼虎还惨毒千倍，去掉人心一根木头啊！"

成千的人，正在围着大树，圩里开来了百十个还乡团，把人往起一包，路头上架起机枪。孙在涛押住沈长友，喝人让开一条路来，一摇一摆，走到人头跟前，文明棍往树上一指："这人是你儿子杀的吗？"

沈长友看看血淋淋的人头，掉过脸望望大家的气色，挺起胸脯说："是的，是他杀的。"

"人呢？要交出来呵！"

"他到解放军里去呢！你们有本事去跟解放军要，我交不出来！"

孙在涛冷冷地笑了一声："交不出来？来！把他吊到这人头上去！"

小三妈在人堆里一头跳出来："儿大不由爷，你吊他老头有什么用啊？你去找小团子去！"扑上去就把沈长友拉过来。

"一人做事一人当，关别人什么事？"薛陆氏把手一挥，领着几十个老奶奶一条声地喊起，拥上去，把沈长友紧紧围住。

孙在涛闪出黑壳眼睛，四转一望，看劲头不对，把手里的棍在天上一摆："特别甲是一个通匪区，替我把他全部平毁！大人小孩都关到关帝庙去……"嘴里在说着大话，脚底下就生风了。

假七月子在大风子背后，轻轻对大风子说："进圩子好，我们愿进圩子去……"

大风子在人堆里一声喊："到圩里去就到圩里去，他张学海是冤有头，债有主，关我们老百姓什么事？"人堆一晃，如山一样，倒下来了。

男男女女，一路吵吵喊喊，向圩子里拥。刚走到圩子南门口，后面一阵黑烟冲上天，几十个小棚子烧起来了，前后机枪声咯咯咯，子弹在人头上呜呜直飞。胆小的人，四面散开各自逃命，到圩子里的时候，只落下特别甲二百多号人，关在关帝庙里。

特别甲的人，一进关帝庙，不分男女，十五岁至六十岁都派了苦工，天天修八个钟头圩墙和工事，每天只放一次工，在街上讨饭一个钟头，如过了时间回去，每人要罚打二十棍。在这样的生活里，熬过了两个多月，特别甲的人，已经撑不起腿来了。

假七月子突然病倒，头脸肿得一样平，躺在大殿上，气一口接不上一口，眼看就喘不过来。薛陆氏眼泪滴滴，与大凤子把假七月子抬到门口石台上太阳地，伏在他头前，咬住他的手："跳出罪坑下火坑，哪辈能跳出这活人塘……"抽噎得哭不成声。

假七月子微微睁开眼，见薛陆氏伏在自己头前流泪，打起精神喊："妈！我不碍事，是吃草花中了毒，火都发出来了。三两天肿一消就会好的。"

薛陆氏气狠狠地举起手，在大凤子眼上指指："你眼瞎了吗？为什么把这东西挖来家吃？你害人啦！"

大凤子低下头："妈！你不要抱怨了，我怎么晓得花草有毒，我有心来害他吗……"

正说话间张羊氏跑进来："大凤子，不好了！王三出圩要饭，刚走到圩门口，一头摔倒，嘴里拉拉黄水往外淌，腿伸伸就死了。他儿子伸手去拉他，身子一歪，倒下去也死了，他们吃下毒药啦！……"

大凤子一听说王三父子俩好好的就死了，一时呆了。

薛陆氏说："这是饿死啊！光绪三十二年，人嘴里一淌黄水就死了，不是毒药……"

假七月子伸出芦柴一样的手，在半空招招："凤姐！你来，眼看这一家爷儿俩活活饿死了，不声不响就少了一家子。你和大家商议商议，把大殿上各人睡的席子拿出来，先把人埋下去。一切工作都交给

你了,好好教育大家,防止有人思想动摇,胜利就在眼前了,要有信心坚持下去,胜利一定是我们的。"

张羊氏走到他跟前,拉住他的手,神秘地说:"不行啦,你还是把主意拿定,想法出去吧! 敌人这两天可紧啦!"

假七月子捏捏她的手,做了一个眼色,撇开众人的目光,低低说:"大嫂,一个共产党员,要在火里、枪里、炮里,烧不弯,打不折,才是坚强不屈的同志! 大嫂,你要永远记住学书大哥的死。……"

张羊氏心里霎时怦怦地跳动,只觉浑身骨头碎裂,往关王脚下那块青石上坐下,沉思了好久:"七月子,不是我怕死,大家都为你担心,你只要出去了,我们几人在里边,就是油锅也能熬下来。"

"时间不会长了。活人塘一解放,我们不是……"

"你不要说了。早谈快了快了,十几天还不见动静。"

"大嫂,杀了张学海,领导上决定我们党的组织,深入到敌人内脏,就是为着将来好做内应。你想想,我怎么能走呢?"

大风子在旁插嘴说:"光说打圩子,至今也不打,我心里也有些急了。再这样下去,人就要都饿死在活人塘里了。"

假七月子看看大风子,转脸向张羊氏说:"大嫂,不要心急。你现在要出去一趟,把这两天敌人恐慌的劲儿和饿死人的事情告诉小团子哥,他会向区里汇报的,一切听候区里指示。另外,今后的联络地点,利用杨墩子后边的大坟,坟头上放三个顶子,信件放在那第三个顶子底下,圩里这两天防得更紧了,要更加小心!"说着便从草底下摸出一封信,塞到张羊氏手里。

张羊氏接过信,站起身,摸过棍和竹篮子,愣愣地说:"你安心睡吧! 一切照你话去做。"

张羊氏出了庙门,顺着一条小巷,拐了两个弯子,来到十字街口。

她探头一望，好几十个还乡团和保安队，端着枪，拉着狗，如狼似虎，由东向西，挨家搜查。她一愣，退回来，钻进另一个巷口，绕到街后，直奔东门而去。

她到了东圩门口，一见吊桥已扯起，头十个还乡团，刺枪舞刀，把几十个男女老幼，押在一个破墙堰里，一边搜查他们身上的东西，一边恶言恶语地骂着："蹲下，你那手里拿着什么东西，是不是'共匪'派你进圩子来的，说，快说……"噼噼啪啪传出几个耳光的声音。她转回头，又钻到另一个小巷，直奔南门。当她到了南门一看，情况更为紧张。在一排木桩上，绑着二三十个老百姓，那恶神般的还乡团，手执皮鞭，将农民衣服剥光，一个一个在拷打审问。她扭过头又奔西门，西门的敌人，更是如临大敌。她转到北门，北门早被关死。她一见如此，急急忙忙又回到关帝庙，万分紧张地对假七月子说："不好哪！四门全被敌人封死，满街都是敌人，挨家挨户搜查，出不去啊！"

假七月子一听这话，不由呆愣住。心里在自语："是不是昨天夜里，我们在街上散的传单，引起敌人今天大搜捕？"张羊氏又补充说："我听到还乡团在南圩门拷问老乡，说是今天有解放军的探子进了圩子。"大凤子惊慌起来："是不是小三妈和沈二爹到西街去开会，被敌人发觉了。"张羊氏说："不像，要发现开会，也只是西街，怎么四个圩门都封死呢？"大凤子说："也可能是没有抓住人……"

假七月子一直沉默地躺在那里，静静地深思，这时向大凤子摆摆手说："这没有什么值得大惊小怪的。敌人在华北、西北、中原、鲁中各个战线上，都吃了败仗，我们二纵回到苏北，又打得敌人落花流水，敌人怎么能不惊慌呢？敌人大搜捕是不奇怪的，今后会天天有。现在最重要的，是想出办法，把这封信送出去。我们在这里的任务，是做好外边的耳朵，如一天不与外边联系，外边就一天不了解敌人

的情况。……"

大凤子站起，理理衣服说："我去！"

假七月子抬起眼皮，看看大凤子，问："你去，就这样去吗？硬闯不行，要想办法。"

薛陆氏说："孩子，你让我去吧！"

假七月子愣住："你！你有……"

薛陆氏说："我有办法出去。"

大凤子也很惊奇："你有办法？"

薛陆氏说："北街有条河，直通东北圩角，在筑圩子的时候，这个河没有填死，在圩下留个涵洞。如今河水小了，涵洞露出水面，能从涵洞里钻出去，游过圩壕，顺着小河边，从芦柴稞里爬过敌人铁丝网……"

大凤子说："我去，我一定能爬过去。"

薛陆氏说："你去，你知道那涵洞，那木板怎么能抽掉，那是我亲手放的，只有我知道怎样抽。"说着，便站起身，走出庙门去。

薛陆氏沿着小巷，钻到后街，在一家篱笆上抽下一根小竹子，坐在笆墙根，看着西方的太阳，渐渐落下土去，满天泛起红云。她抬头看看街后那寂静的小河，站起身，又回到庙里，向假七月子说："孩子，把信放到这根竹子里。"假七月子知道薛陆氏自从病后，身体一直没有恢复，但是，这时为着送出这封信，又不得不要她去，只有忍着泪，支起身，双手抱住她的膀子："妈妈！"

她拉过大凤子，呆视了好久，眼圈红了："凤子，你要记住，在妈妈没有回来之前，你一步也不能离开七月子。"

"你身体……"大凤子眼圈也红了，说不出话来。

薛陆氏见天色已晚，放开大凤子，从假七月子手里，拿过竹竿，走出庙门去。

假七月子半支着身子，望着薛陆氏渐渐出了庙门。他躺下身子，对大凤子说："凤姐，你和张嫂，跟在妈妈后边，远远地盯着她，万一出了事，立刻回来告诉我。"

大凤子帮假七月子盖好衣服，和张羊氏出门去了。

薛陆氏沿着漆黑的小巷子，钻到东街，刚想穿过大街去，突然有个闪光，在她眼前一亮，她趁势往墙根一坐，双手抱膝，贴到墙上去。

三个保安队，背着枪，抓着手电筒，如狼似虎，冲到她面前，大声喝问："什么人？"

"哼，嗯！……讨饭的……有病了……"她头也不抬，哼哼歪歪地回答着。

一个家伙，用手电筒在她脸上照照，看她面黄肌瘦，确像有病，伸脚踢踢她："走开，走开！这里不准蹲。"

她哼哼歪歪站起，摇摇晃晃，穿过大街，走进街北小巷子里去。

她一边哼着一边走，一边走着一边用眼梢瞄着这三个黑魔似的影子。当这三个黑影走远了，她便放开步子，大三步小两步，奔出小巷子，踏下街后小河。

大凤子和张羊氏跟在她后面，沿着河岸，爬到东北圩角，伏在一个水沟里，远远望着她，看着她钻进涵洞里去。

时间一刻一刻过去了。大凤子和张羊氏，伏在水沟里，侧起耳朵，听到二更天时，也不见圩上有动静。大凤子向张羊氏说："嫂子，你看妈妈能出去吗？"

张羊氏沉思一下："我看是出去了，要是敌人发觉她，早就该听到枪响了。"

大凤子愣愣："圩壕里有水啊！"

张羊氏说："那水只有大腿深，只要能钻过涵洞，圩壕就好过了。"

大凤子以怀疑的目光看看张羊氏，仍扭过头，痴呆地望着那黑洞洞的圩墙。

"我们回去吧！七月子在家还望着我们。"张羊氏低低地说。

大凤子最后望望那涵洞口："走吧！"

大凤子和张羊氏回到庙里，向假七月子汇报了妈妈出圩子的情况。三人都以焦急的心情，坐在关王脚前，等着薛陆氏。

到了三更时分，突然冲进十多个保安队，大声吆喝着："起来，起来！"十几个手电筒，在大殿上闪烁着。

睡在大殿赤地上的难民，一个个都蒙蒙眬眬地坐起。

一个军官，手里拿着名册，勒起嗓子，一个人一个人喊着："沈长友，张羊氏，薛陆氏……"喊到薛陆氏，见没有人应他，用手电筒在大凤子脸上照照，又勒着嗓子喊："薛陆氏……"这时，假七月子在地上哼哼地答道："妈妈到外边去了。"

"到哪里去了？"

"今天饿死两个人，还放在南街，她去看看尸首，怕被狗乱拖。"

"你叫什么名字？"

"我叫七月子，是她的儿子。"

"为啥不起来？"

大凤子抢先答道："他是病人。"

这个家伙，捏着手电筒，走上去照照，假七月子头脸肿得一样平，忙退后几步："去！把她找回来。"

一时鸦雀无声，没有人答应。

这个狗家伙，连叫几声，见没有人应他，可火了，走上去，一把拖过大凤子："去！不把她找回来，老子枪毙你……"

薛陆氏下半身水淋淋走进庙门，一见大殿上十几个保安队正在搜查,心陡陡往下一沉愣,退也退不回去,只有硬着头皮,走进院子里来。

大凤子在人空里,突然看到母亲水淋淋地走进来,心扑通一跳,霎时变了脸色,奔上去,大声责备说:"妈妈,你自己命都顾不了,还去看那死人,狗拖就让狗拖吗。你深更半夜往外跑,官长来,查不到你,还不知你到哪去了呢?"

薛陆氏一听大凤子的话音,随机应变地哭起来:"乖乖,眼看着他一家被狗拖了,妈妈能忍心……"

大凤子把手一指:"你看看,你那眼睛越是看不见,晚上越是往外跑。"

薛陆氏眼泪滴滴,拎起裤脚说:"走到街后水塘里去了。"

"水塘去,没有把你淹死!"大凤子气鼓鼓地转过身去。

"淹死就淹死,反正早晚也是死……"薛陆氏一边喃喃地说着一边走向假七月子身旁。

那个狗家伙,见薛陆氏挂着竹竿,戳戳捣捣走到假七月子旁边坐下。他把手一指:"站起来!"

薛陆氏扶着大凤子站起来。

那个家伙,用手电筒在她身上,左照右照,照了好半天:"听着,从今往后,天一晚,任何人不准出这庙的大门。"说着,把手一挥,转身便走。

薛陆氏呆站在那里,看着这群猪猡拥出庙门,把手中竹竿交给假七月子说:"里边还有给你的药。……"

二十

　　自从华东解放军三野二纵队在盐南一战，歼灭敌人三千多人，两淮敌人大为惊慌，匆忙调来一个团的主力，固守新河集。

　　假七月子脸上浮肿，得到外边接济的一些药品和食物，三天过后便消了。关帝庙的人，又有了笑脸。

　　我们一胜利，敌人就要倒台。自从全国反攻开始，活人塘日夜都不安，忙着把家眷老小往淮上送。沈长友老爹爹，端一碗黑汤，抓一把黄豆，笑着走来说："我今天，在小圩里挑土，接半小桶刷锅水，都是米粒子，你喝口吧，还有黄豆呢！"

　　假七月子伸手接过来："二爹！小瞎磨刀——透亮了。"

　　沈长友哈哈笑起来："搬家了！昨天一夜就没有停！今天……"说到这里，沈长友声音变得非常神秘："我摸清楚哪！486团，共计有19门大炮，南门有8门。"

　　假七月子边喝着稀汤边点着头："嗯……"

　　假七月子喝了两碗刷锅水，吃了三把黄豆，精神好像陡然添了不少，把膀子伸伸，拄住小棍，仍装着跛子跛到庙后，呆呆看着小圩子里一座大碉堡。

　　活人塘外面有一道大圩子，孙在涛住的地方还有一道夹圩，保安队的大队部、军库、粮库都在里边。夹圩子修得比大圩子还好，土墙上都拉起铁丝网。老百姓都不敢靠近这铁丝网，说是从美国弄来的，

上面有电，人一碰就死了。假七月子老早听在心里，明明知道这是敌人吹牛皮，吓唬老百姓的，可是心里总有些摸不着底。

关帝庙就在夹圩子东北圩角，往大殿西山头一站，夹圩子里面看得清清楚楚。他正看碉堡上枪眼的射击线，忽然见一条大黑狗，舌头伸多长，喘嘘喘嘘，慢慢从铁丝网下爬过来，跳过水圩，尾巴一圈，头不掉跑了。再注意看看，那铁丝网底下，已经被这狗爬来爬去，把圩子上爬出圆溜溜的一个沟槽。他心里一笑："牛皮牛皮，有电，美国的电网连狗也挡不住了！这个火药库一炸，什么都成了。"

天黑透了，假七月子还痴呆呆地坐在大殿西山头。大风子跑来问："你痴了吗？人家都睡觉呢，你还蹲在这块。"

"不，我在……"假七月子一句话未回得出口，抬眼见西边过来两个黑影子，就把大风子腿一拉，轻轻蹲下。

那两个黑影子，越来越近了，只见前面一个说："这两天风声不好，你不能到三花家去啦！不要跟张学海学，被人揪掉……"

"入妹的！土八子你怕他什么东西？"后面那个黑影子说了这样一口大话。

"照你说，你还舍不得走啦！"

"入妹的，全是那些胆小鬼，每天吁嘘，情况情况，把女人小孩都送走了，我一人还要守呢……"

两个黑影子，边谈边走，刚走到大殿后边，忽然从一条黑洞洞的小巷子里呼……穿过一个东西，两个黑影子一吓，回头就奔，刚刚跑到关帝庙西边，只听扑通一声，掉下牛汪，咕噜咕噜地喊："解放军来啦……"砰砰砰打了几枪，接着圩里圩外枪都响起来，整整闹了半夜。第二天早上查查，原来是一个老母猪起窠了，跳出圈，在外面乱跑，看到人影子哼起来，把保安队一个排长与一个连副，吓得掉在几十年未干过的大牛汪里，淹得半死，连盒枪挂在身上也不敢拿出来。

假七月子伏在暗处，观察了一夜，把敌人情况搞得清清楚楚，第二天一早，拉住大风子说："风姐，活人塘是1946年腊月二十四开始打的，二十八被敌人占领的，今天是1948年的三月二十八，整整十五个月，我们是熬出头了！你冒险出去一趟，告诉他们，我一切都准备好，要他们按计划行动吧！"

大风子拉着他的手，跳跳说："你放心，我有办法出去的……"说罢背起破篓子，拉上张羊氏走了。

大风子这次很成功，混出圩子，来回都没有出错。

这天到半夜了，关帝庙里，所有的人都团团围坐在大殿里，看着东方。

东方渐渐升上月亮，每个人都聚精会神地在等外边传来反攻的号角声。

十几个敌人，端着枪，到关帝庙来搜查。人们霎时又都假装睡觉，躺到赤地上去,气也不喘。

敌人用手电筒,在这摊人中,照来照去,最后还是走了。

假七月子一见敌人走了,便轻轻溜出去,在大殿外面转了一趟,听听还是鸦雀无声,回来推推大风子:"你起来,时间快到了,我要走!你叫大家不要乱走!听到枪响,把人都集中在大殿里,一切等我回来。"他轻轻地走出去。

大风子见他已经走了,坐起来推推小三妈:"小三妈,他走……"

薛陆氏这天晚上,听说要打新河集,高兴得饭也忘记吃了,心里一直在盘算着,自己如何亲手捉住孙在涛,为丈夫报仇。当敌人来搜查时,她故意装睡觉,其实眼也未闭,这时忽听假七月子走了,一骨碌跳起来:"七——七月子他……"

大风子伸手一把,堵住她的嘴:"不……"

张羊氏把沈长友轻轻地推起来,摸一条大棍,坐在大殿上等着。

大风子跑到大殿后边,望望夹圩里的大碉堡上,还是灯火辉煌的,火药库也原封未动,她又转回身子坐在石台上,不住地向四面乱望。忽然见到东南角砰砰砰冒上三道白光,她把头一掉:"小三妈……"一句话未说得出口,圩里边轰的一声,如山崩地裂一般,大殿上的泥土沙沙直滚,地好像摇摇晃晃地塌了。霎时四面的号声嗒嗒嗒、嗒嗒嗒地响起来,炮弹呜呜直飞。

夹圩子里的黄狗、黑狗都在大梦中,忽然轰一声响,从铺上被掀下地来,爬起来连枪也摸不着,尾巴一夹,头一缩,直往外奔。

孙在涛几天头里就听到风声,说解放军从山东开过来没底,都是黄衣服,打起仗来都是大家伙,二十四个骡子拖一门大炮,一炮下去,三十里路人家都没得了。他心里日夜扑通扑通地跳,把两个小太太、闺女、钞票、洋钱,都偷偷运到淮安城里去。一天到晚提着枪,到处赤溜赤溜地想点子,准备一到紧急的时候,拔腿溜走。日里中央军486

团跟他要四百人，抢修工事，转了半天，连四个也未找到，当时就被一个士兵打了两个耳刮子。晚上觉更睡不着了，就坐在铺上盘算跑，一直坐到五更头，刚想出来小便，突然轰一声，如在他床上一样地响起来。他连滚带爬，奔到门外一看，军库、仓库都呼呼烧起来，里面的子弹、炮弹、手榴弹，轰轰轰炸得地动山摇，掉回头已摸不着门，只听见喊："三狗，三狗，哪块躲……"

假七月子气喘喘地跑到大殿："大凤姐你奔南门，小三妈你到东门大街，张嫂！你到庙后，喊各家开门，领导大家行动起来！小心，防备乱枪……"

半碗粥时候，街里遍地喊起来："缴械不杀啦！解放军优待俘虏啦！缴枪吧！……"

南门保安第一中队，刚把六〇炮架起来，看夹圩子炸起来，火光冲上天，军队都乱了。中队长带一个排，准备赶往夹圩抢救，听听街里喊缴枪，头一掉喊："不好，打进街了，奔西门突……"后边蹿上一个士兵砰一枪："哪个跟你跑，弟兄们缴械吧！"那个想跑的中队长，倒在地下，直挺挺地回老家了。解放军已爬上南圩门碉堡，放起一把火。

东门三十几个自卫队，枪刚张嘴，乖乖地缴了械。486团黄狗，一见势头不好，向北门突围。活人塘的大楼上，插起了红旗，满街的火把，烧红半边天。

薛陆氏在大殿上，向着众人在讲着："各人起来，有刀的拿刀，有棍摸起棍，这下熬出头啦，解放军回来了！把我们救出火坑……"

大凤子扛着火把，一路喊来："民兵回家啦！你们到哪块啦？"

薛陆氏一头跳出去，摸起一块木柴，挥舞着，吼叫着："快啊！快把孙在涛活逮住，千刀万剐，为死人报仇啊！"

南门、东门、西门三路火把在夹圩子里会齐了，一看里边什么都烧光，大家一声喊："分散开去找孙在涛，入到泥眼里也要抠出来！"

一条一条的火把到处都烧起来了。

假七月子带着张羊氏一批人，最先冲进夹圩子。搜索了以后，每人在孙在涛家里的油坊里，点起一根油捻子，跟住敌人突围的路影子，向西北角上找去。

孙在涛突围时，大魂已经早掉了，刚跑到西北角圩墙上，腿一软，扑通栽到圩壕淤泥里。后面逃跑的士兵，都踩着他的身子跑过，等全部还乡团保安队跑出圩子时，他已经与那出血的肥猪一样，头重脚轻，睡倒淤泥里光哼，支不起身子来。

张羊氏扛着一根油捻子，走在一趟人的最前面，刚跑到圩角上，听底下有人哼哼，冒冒失失地喊起：“快些来人啊！这块有人哪！”

假七月子在后边赶上，把手里的铁棍子，哗啦对地下一拍：“什么人？手竖起来！”

孙在涛手中的枪已不见影了，腰也直不起来，只有慢慢地从淤泥里伸出了头。眼上的黑边水晶镜子，把两个饼子都跌掉了，就落一副框子套在眼上，睁了睁乌龟眼，朝着火把眨巴眨巴，在沟底下支吾，向大家哀求道：“我——起来——不能杀——”

沈长友一听是孙在涛的声音，从圩上一头冲下去：“好啦！老虎在这块啦！”蹿上去，扶领一把抓住，往身上一骑，将他头捺到淤泥里去，咬着牙骂道：“你往淤泥眼里逃，也要把你抠出来！你这……”

这里一吵，圩里群众的搜查队，从四面八方都围上来。薛陆氏在人堆里，一下望见沈长友和小三妈两人揪住孙在涛，她蹿上去说：“我薛家二十年的仇，我要一口一口地咬……”说着拼命咬住孙在涛的耳朵死死不放。

小团子领着民兵，扛住火把，寻找到这里，蹿上把假七月子抱住，在人头上喊：“你们老早要看跛子英雄，我说的就是他啊！如今已经不跛了！”大家都围上来，抬住假七月子，把孙在涛忘记了。

一个满脸核桃麻子的战士，在人空里挤上前拉住假七月子的手："跛兄弟，你还认识我吗？我是你救出来的那个逃兵！王怀仁……"

假七月子盯在他脸上望望，忽然想起来："咦！你不是说，回去永远不当兵的吗？"

王怀仁紧紧抱住假七月子："你叫我到那一家，找到了解放军，他们对我如亲兄弟一样。我想，回去还不是再被国民党抓来？只有扛起枪杆，把吃人的人统统打倒，把暗无天日的世界变过来！"他掉回头，手向后面人堆里指指："我现在在解放军特务营三连一排，那人就是我们排长。"

陆广才带着一排人，从北门外押进突围的二百多俘虏，向他们迎面走来，抬眼见人堆里一个老奶奶，咬住一个泥糊糊的大胖子耳朵，拼命不放。他叫副排长把俘虏押走，便走到人堆里，劝解道："老奶奶，你丢嘴吧，有账慢慢算，我们自己的政府！"他还没有注意到假七月子。

假七月子顺着王怀仁的手，抬眼一望，蹿过去抱住："你！……你不是陆广才吗？"

陆广才正在劝解薛陆氏，见后面人抱住他，转脸一看，不由愣住："你？……"

假七月子伸手打了陆广才一拳："好啊！刘根生你也不认识啦！"

陆广才肩上的枪，哗啦掉下地："啊！你还未死啊？"搂住他的头，扑通坐到地上去。

王怀仁站在人堆里，痴痴地呆了。

二十一

新河集一解放，横竖十几里，大人小孩都唱一首歌谣：

> 大米饭，喷鼻香，
>
> 不是解放军打下活人塘，
>
> 哪轮到我们尝一尝。

远隔二十几里路的小姑娘、大嫂子，都跑到新河集去买丝线，赶缝慰问袋。丝货店的人，忙得不分日夜。张羊氏家的小花子，看庄上人都用花花绿绿的丝线，绣成鲜艳好看的慰问袋，上面还绣上字"军民一体，骨肉相连""袋子虽小意思真，军民永远一条心""哥哥快过江，逮住老蒋立大功"。她一个一个看了，回来盯着她妈妈哭，要一千块钱华中币，偷偷到街上买了十一种颜色丝线，不声不响，躲在房里三天，绣起一只慰问袋。上面绣的一朵荷花，漂在水上，荷叶下绣一条金鱼。她绣好了缩在袖子里，送到刘根生跟前，往刘根生腿上一趴，慢慢摸出来："大哥，你看我这个好不好啊？"

刘根生拿到手，朝开一理，看看是一只慰问袋子，上面绣的荷花、鱼，如笔描的一样。他把眼眯起来看看，那鱼在慰问袋上如活的一样，好像摇头摆尾在游动。刘根生连忙问她："你绣这花和鱼是什么意思呢？"

小花子笑着说："你不是像鱼吗？我们就像水一样子吗！从前我唱过'军民一体水帮鱼'的歌，我就绣的是这个。"

刘根生抱住她头，伸手拍拍说："这个小丫头，你怎么想起来的？"

小花子把舌头一伸，跳跳蹦蹦拿跑了。

各庄各村的老奶奶，在月亮地里，忙着做军鞋，嘴里还唱着："做军鞋，慰劳忙，早穿新鞋早过江，捉住蒋介石，大家把心放。"冯庄小新娘子，一人做了七双军鞋，每双鞋底上，请李成功帮她画成字样，用很细的针子，纳成"救夫"两个字。她很怕人不懂是什么意思，特地又用红纸写一个条子贴上："我的丈夫冯启华被狗保长张学海抓去当中央军，望早把他解放，救出火坑。"

晌午过了，薛陆氏饭还未吃，在赶做最后一双军鞋，大凤子替人剪花，做慰问袋子。刘根生从团部回来，进门笑着说："妈！团部今天临时召开一个筹备会，准备明天开三万人的'庆祝胜利、追悼烈士、军民联欢大会'，会场在杨大坟前。现在正是全国大反攻的时候，部队很急，说不定就要开走！"

大凤子在旁抢上一句："那你也走吗？"

刘根生转过脸笑笑："那当然哪！"

薛陆氏的脸上，突然变了色，手里的军鞋轻轻滚下地去，唇边跳跳地抖颤起来。

刘根生一见薛陆氏霎时痴呆，忙跑过去，伏到她怀里："妈！妈！你……"

大凤子听说刘根生要回部队，心里也大大受了震动。她见到母亲如此激动，忍着泪，强装着笑脸说："妈！你咋啦？不打倒蒋介石，你杀了一百个孙在涛也没用啦！"

薛陆氏举起手，在刘根生头上摸摸："孩子！打过长江，给妈妈来

封信。"

大凤子笑起来："对罗！这才像个母亲的话。"

刘根生说："妈妈，我打过长江，活捉住蒋介石，解放全中国，一定回来看你。"

薛陆氏双手捧着刘根生的两腮，呆呆地嘱咐着说："孩子，妈妈年纪大了，三年也不可，五年也不定，大凤子交给你了。你们两人，要是都同意妈妈的话，就当妈妈的面，拉拉手，妈妈就放下这条心了。"说着说着，点点热泪，滴到刘根生的脸上。

刘根生帮薛陆氏揩干眼泪，站起身，转身向大凤子伸过手来。

大凤子霎时脸色通红，羞怩地低下头，伸过手，轻轻地捏了一下刘根生的手，急转过身，飞跑出门，跳跳蹦蹦，满街上传话去了。

部队要开往前线的消息一传开，全村霎时轰动起来。家家忙着扫地刷墙，做旗子，扎彩门，买鞭炮，来来去去忙个不停。

新河集的大炮声、机枪声、鞭炮声，从天一亮就响起，一直响到天中午，还是"听儿通"的。四面八方的秧歌队、儿童团、男的、女的、大人、小孩子、姑娘、大嫂，一阵一阵，敲锣打鼓，扛旗送礼，在旷野荒郊的草地上，汇成人山人海。县里用几条大黄牛，拉了五车军鞋，十挂小土车慰问袋，夹在人堆里，一路拉到会场。

会场四门用白布扎成圆形的门，挂着三个五彩颜色、小斗大的球。门楼上面是金黄色的一条大匾，红漆做成"重见天日"四个筛箩大的字。主席台中间，搭一座三丈六尺高的牌楼，用四十八把筛子，画成工人、农民、青年、妇女、学生、商人各色各样的漫画，排成圆周图形，围着一个解放军的战士，扛着一面大大的红旗。台的二面，红绿锦旗，都不是挂的，是一层一层堆起来的。那场上的秧歌队、高跷队、花鼓、狮子、龙、花船、花担，翻来过去，扭呀、跳呀、唱呀、说呀、讲呀、演呀、

笑呀，看他们那飘飘如飞的舞姿，已不像是在地下欢跳，如在云彩里一样，飘来荡去，绕的人眼里分不清是天是地还是人在动。

台的正中，悬接着毛主席、朱总司令两人的大像，上面用红绿布缠成的"在你的领导下，新河集的人民跳出活人塘！"小斗大的一行横字，台的前面半空挂着一块红布，上写"庆祝胜利、追悼烈士、军民联欢大会"。

军乐队一阵呜啦呜啦，二十四门大炮，三十二管机关枪，一齐张嘴，向天开了火。大风子带着姊妹团，上台向战士献花、献慰问袋。薛陆氏带十六个老奶奶爬上台，献军鞋。最后刘根生端着两盆嫩绿的万年青，献给团长。吴团长接着两盆花，向大会上开头一句讲："今天庆祝新河集全体父老、兄弟、姊妹，永远跳出活人塘，就像这两盆万年青一样，万年长青。"掉回头轻轻放下花盆，接上又讲："全体指战员同志们，我们今天追悼烈士，要永远不忘他们！他们的血不是白流的！他们的血换来了光明世界！后边的大坟上，就埋着我们薛家的小妹妹，她替换了我们的战斗英雄。我们要怎样才对得起我们的父老……"全场的战士们，如铁锤一样的拳头竖上天喊："打到南京去，活捉蒋介石，解放全中国！"

刘根生接着站起来："我就是薛大妈的亲闺女——七月子替换下来的，我是从死人坑里跳出来的。薛大妈用自己的骨肉，救下我的性命，活人塘的人民，用自己的生命，掩护下我，养好我的伤痕。今天我走出活人塘了！我是永远跳出活人塘了！我要扛起枪杆，打过长江，打到南京，活捉蒋介石，报答薛大妈的恩情……"

沈长友老爹爹，精神抖擞地爬上台，翘起胡子说："十天前活人塘的老百姓，都是死人，今天也跳上台老卖老卖……"哈哈地笑起，接着说："活人塘的人，死是死在活人塘里，穷是穷在活人塘里，田地荒是

荒在活人塘里；说上天边，有了活人塘在，就没得我们活，有了解放军来，我们就不焦愁！……哈哈哈哈……"笑得硬挺挺地站在台上。后边几万的老百姓，跟着他的笑声，一条腔喊起来："大家团结起来，支援解放军，打过长江去……"

天黑了，主席宣布散会。远的地方老百姓从家来时，都准备好的，还要欢送战士上前线；一出会场，他乡一团，你乡一队，都在野地里砌起锅灶，升起火。有的从庄上挑饭来吃，坐在公路上，等出发欢送。

小孩子们，光听大人讲："解放军要开走了！"就不知道这个走，是到前线去的。从刚拆毁的敌人的工事碉堡里，搬来了很多碎砖头和瓦片，在公路上砌起城墙，人睡中间，要拦住解放军，不准走！团部参谋长来劝大家回去，看到公路上一些小土圈子，每个小圈圈里都有小孩睡在里面，一个一个向他们说明，才让开路来。

一声炮响，"队伍出发了"！睡在野田的男女，爬起来，揉揉眼，掸掸头上的泥土，直往公路上跑着喊："打过长江去！打过长江去！打过长江去！"战士也和声喊起来："活捉蒋介石！活捉蒋介石！……"

军队和老百姓，一路、两路、三路、四路，横排七八路向前走。公路上是走不下了，二面的抄田都被踩成了路，军队夹着老百姓，老百姓夹着军队，多远一望，只见人动不见头尾，如同潮水一般，涌上前线去。

路上的茶水站，一个接着一个，茶担子，茶缸，密密匝匝都搁满了。一个老奶奶，一手端一碗茶，嘴里不住地喊："同志！胜利茶，喝一口……"姊妹团、儿童团、小学生，又跳舞，又唱歌，与军队的同志，都抱起来了。

团长出来讲话了："前边已到运河了，父老们，回去吧！我代表全团向父老们宣誓，坚决活捉蒋介石，报答父老们……"

人堆里，互相都围起来，拉着手："同志！你们打徐州，过长江，我们也去担架的,前线再见! 望你立功,望你立功。"互相都祝贺立功。

大凤子看看人都回头了,她还跟着送。当军队上船过河的时候,她心跳了,蹿上去拉住刘根生的手:"七月……"一句未喊得出口,脸一红,低下头,轻轻地说:"你不要忘记! 虽说是天南地北,我死也等着你!"

刘根生紧紧握了一下她的手,轻轻回答她说:"你放心吧!"

一直到船开出老远了,他们彼此还在恋恋不舍地招手……

ⓒ民主与建设出版社，2020

图书在版编目（ＣＩＰ）数据

活人塘 / 陈登科著. -- 北京：民主与建设出版社，
2020.11
（红色经典文学丛书 / 吴迪诗主编）
ISBN 978-7-5139-3297-4

Ⅰ.①活… Ⅱ.①陈… Ⅲ.①中篇小说－中国－当代
Ⅳ.①I247.5

中国版本图书馆 CIP 数据核字（2020）第 220339 号

活人塘
HUORENTANG

著　　者	陈登科	
责任编辑	王　倩　郝　平	
封面设计	博佳传媒	
出版发行	民主与建设出版社有限责任公司	
电　　话	（010）59417747　59419778	
社　　址	北京市海淀区西三环中路 10 号望海楼 E 座 7 层	
邮　　编	100142	
印　　刷	湖南天闻新华印务有限公司	
版　　次	2021 年 1 月第 1 版	
印　　次	2021 年 1 月第 1 次印刷	
开　　本	710 毫米×1000 毫米　1/16	
印　　张	10	
字　　数	120 千字	
书　　号	ISBN 978-7-5139-3297-4	
定　　价	30.80 元	

注：如有印、装质量问题，请与出版社联系。